나의 藝術의어린싹은, 그대의따뜻한사랑속에서잘아나서, 넘나고꽃피게될때까지에,

사나온바람과구진비에흽쓸녀서, 어린그싹은멋번이나썩기일는지모를것일세,

第二劉作集

向日草

洪蘭坡作

京城博文書館發行

먼저 姓名까지라도 잡작을하고저리먼하나？　또或은普通다른男子에게하는버릇으로人事히며
물하는것인가？　이가흔疑惑이不絕히心中에떠올넛다。

二

　그러나이疑惑을풀째가도라왓다。나는그女子와相約한時間이도라오기를苦待々々하야、
××洞百三十二番地로발길을向햇다。그女子는나를기다려或잇섯는지、或은別노볼일이업
섯는지、仔細히는알수업지만은、何如間내가차저갓슬째에N은반가운낫츠로나를마젓다。
첫재로나의눈을놀내게한것은室內의裝飾의華美함이다。妓生집에出入해본經驗이업는나
에게는、이것이實노奇蹟以上의奇蹟이、또보엿다。크고적은화류장、자개박힌반다지와文匣、
四壁에서어른〳〵하는어른장갓흔體鏡、桂時計置時計의顚亂한振子壁、天井밋드로둘녀걸
닌水彩畵와油畵、나는事實대로告白한다만은、實로唖然하야一言宇辭를吐할勇氣가업섯다。
이것이理髮所인가、家具房인가、時計商인가、寫眞屋인가、疑心한것도無理가아닐것이
다。主人妓生이勸하는대로나는아랫목上座에다용뎅이를붓치고안젓다。仔細히본즉내가쌀
고안진것은毛本緞裸袴！내엇전지戀人의쌈에안진듯한맛실〳〵한氣分이서돌머라니。
　이여러가지奇現象을물째에、直感的으로腦裡를쓸은것은、妓生의사랑을쌔아스랴면다른

그러나아츰해가떠오르기始作하매、숙으러진고개는용수鐵과삿
치벌덕이러스고썹호러젓던찢닙은웃는낫츠로방긋〳〵버러지네。

나는이날부터N을부를때에、 나의「쌀렁」—Darling—이라 불넛다。

허햇다。

「여보게, 자네일홈이N이라지? 집이어된가?」

「제집이오? ××洞百三十二番地랍니다」

「몃살이나되엿나?」

「열아홉살임니다」

「무슨말슴입닛가」

여보게쌀렁!、 자네는뜰압해 △向日草를보게!

「至今이자리에서말할수야잇나、언제던지閑暇로히맛나거든이야기하지」

「그러면어려우시지만은、제집에한번놀너오십시오그려、來日낫에……」

「來日낫에?……기다리겟나?」

「기다리지오」

「그러면내가來日두時쯤해서차저감세、꼭기다려주게」

이잣치相約한後에、나는心中에이러나는歡喜의情을禁할수업서々、自進하야酒席의一座를차자햇다。意識이恍惚몽롱해지마시엿다。그러나한가지疑惑은、저妓生이나의身分이라

우리는 無心히 이웃을볼때에는、 이런줄 모르지만은、 萬一우리가向日草가되엿다고해보세、

苦待〜하던아츰해는간곳이업고、 陰險하고薄暗한하늘에서는찬비방울이

쏘다질때에、 우리의落望은果然얼마나하겟나?、

보겟너가되엿엇다。Y도 또다시 東京으로뛰여나와出發했다。그러나 그의唯一한最後인것은

는、이번運動에厄候의犧牲이되야、獄中에서 呻吟하고잇게되엿다。그것은、Y에게對하야

는、적지안은失望과 打擊을주엇다。Y는學資의道를失한後、主人일흠猛火과갓치、읏지

갓지를모르게되엿다。그러나그는 自手로苦學을해서라도、期於히成功을하리라고、굿게決

心했다。

아아、그러나、運命의손은 靑年藝術家의前途를 阻害했다。及其也學校에를가보니、Y

는學籍簿에서 임의除名이되엿엇다。一年동안無故缺席한것이 原因이되야、絕對로 復校

를식힐수업다는 學校長의말이다。Y는 여러번嘆願하고哀訴했다、그러나學校當局의말은

始終이如一햇다。Y는絕望했다。그러나그가비록 學校를맞추지는못햇슬망정、實力에잇

서서는、決코卒業生들만못하지안음을 스사로밋엇다。그러하야그는 獨學하야서라도、自

己의藝術를 大成하리라고決心했다。

바로그쎄부터이다—— Y가 放浪生活을始作한것은。그는經濟上으로 後援者도일코、쏘

다시 自己의學校로부터除名이되자、비록그의決心이 굿다하더라도、自己의境涯와 際遇

를悲觀하지안을수업섯다。그는이갓치生覽했다。

三年이無事히지나갓다。Y는三年級에서四年級으로 進級하기爲하야、學年試驗을 치르는中이엿다。바로試驗이始作된翌日에、東京留學生間에는 一種의民族運動이勃發되야、어느누구를勿論하고、一齊히同盟休校하기로햇다。Y도亦是、이運動에參加한一人이엿다。

그들은 그날부터東裝하기에분주햇다、Y도亦是남과갓치 東裝歸國하지안을수업섯다。

缺席顧書갓흔것은 提出할餘念이업섯다。그럼으로또Y는試驗을치르다말고、이말저말업시故園으로도라와버렷다。 (一行削除)

쏘다시一年이지낫다。

朝鮮全道에밋처서 그氣勢가猛烈햇다。工夫하던學生들이 全部學業을廢함은、結局消極的이오 積極的이아니라고生覺햇다。그래서 歸國햇던學生의大部分은、一年後에다시 東京으 (五行削除)

이러하야그의끗은활작피고그의넙은자라나서、

한달두달苦勞한끗해는數업는여문열매를맷는것일세。

사랑, 사랑! 人生의 眞理는 사랑의 源泉中에셔 흐르네!

한국근대대중문학총서 틈

〈한국근대대중문학총서 틈〉은 한국근대대중소설의 커다란 흐름, 그 틈새에서 잘 알려지지 않은 소설을 발굴합니다. 당대에 보기 힘들었던 과감한 작품들을 통해 우리의 장르 서사가 동트기 시작하는 모습을 볼 수 있습니다. 한국 문학의 새로운 지평을 서서히 밝히는 이 가능성의 세계를 즐겨주시기 바랍니다.

한국 근대 대중 문학 총서 를
발 간 하 며

한반도에서 한국어를 사용하며 살아가는 우리는 언어공동체이면서
독서공동체이기도 하다. 김유정의 「동백꽃」이나 김소월의 「진달래
꽃」과 같은 한국근대문학의 명작들은 독서공동체로서 우리가 기억
해야 할 자산들이다. 우리는 같은 작품을 읽으며 유사한 감성과 정
서의 바탕을 형성해왔다. 그런데 한편 생각해 보면 우리 독서공동체
를 묶기가 그렇게 간단하지만은 않다. 누군가는 『만세전』이나 『현
대영미시선』 같은 책을 읽기도 했겠지만 또 다른 누군가는 장터거
리에서 『옥중화』나 『장한몽』처럼 표지는 울긋불긋한 그림들로 장
식되어 있고 책을 펴면 속의 글자가 커다랗게 인쇄된 책을 사서 읽기
도 했다. 공부깨나 한 사람들이 워즈워드를 말하고 괴테를 말했다
면 많은 민중들은 이수일과 심순애의 사랑싸움에 울고 웃었다.

　한국근대문학관에서 근대대중소설총서를 기획한 것은 이처럼 우
리 독서공동체가 단순하지 않았다는 점에 착안했다. 본격 소설도
아니고 그렇다고 '춘향전'이나 '심청전'류의 고소설이나 장터의 딱
지본 소설도 아닌 소설들이 또 하나의 부류를 이루고 있었다. 이는
문학관의 실물자료들이 증명한다. 한국근대문학관의 수장고에는

근대계몽기 이후부터 한국전쟁 무렵까지로 한정해 놓고 보더라도 꽤 많은 문학 자료가 보관되어 있다. 염상섭의『만세전』이나 윤동주의『하늘과 바람과 별과 시』처럼 한국문학을 빛낸 명작들의 출간 당시의 판본, 잡지와 신문에 연재된 소설의 스크랩본들도 많다. 그런데 그중에는 우리 문학사에서 한 번도 거론되지 않았던 소설책들도 적지 않다. 전혀 알려지지 않은 낯선 작가의 작품도 있고 유명한 작가의 작품도 있다. 대개가 그동안 잘 알려지지 않았던 작품들이다. 본격 문학으로 보기 어려운 이 소설들은 문학사에서는 제대로 다뤄지지 않았던 것들이다.

한국근대문학관에서는 이런 자료들 가운데 그래도 오늘날 독자들에게 소개할 만한 것을 가려 재출간함으로써 그동안 잊고 있었던 우리 근대문학사의 빈 공간을 채워넣으려 한다. 근대 독서공동체의 모습이 이를 통해 조금 더 실체적으로 드러나기를 기대한다.

다만 이번에 기획한 총서는 기존의 여타 시리즈와 다르게 작품의 내용을 이해하기 쉽게 하자는 것을 주된 편집 원칙으로 삼는다. 주석을 조금 더 친절하게 붙이고 작품의 배경이 되는 시대를 이해하는데 도움을 주기 위해 다양한 참고 도판을 충분히 활용하는 것이 한국근대대중문학총서의 발행 의도와 방향을 잘 보여준다. 책의 선정과 해제, 주석 작업은 전문가로 구성된 기획편집위원회가 주도한다.

어차피 근대는 시각(視覺)의 시대이기도 하다. 읽는 문학에서 읽고 보는 문학으로 전환하여 이 총서를 통해 근대 대중문화의 한 양상을 체험할 수 있도록 하자는 것이 기획의 취지이다. 일정한 볼륨을 갖출 때까지 지속적이고도 정기적으로 출간할 예정이다. 앞으로 많은 관심과 애정을 부탁드린다.

인 천 문 화 재 단 한 국 근 대 문 학 관

한국근대대중문학총서 틈 06

홍난파 소설집
김민수 책임편집 및 해설

향일초

기획 인천문화재단 한국근대문학관

● 홍시

- 음악가로 널리 알려진 홍난파는 1920년대 초반 활발한 문학 활동을 펼친 바 있다. 이 책은 1923년 박문서관에서 출판된 홍난파의 소설집 『향일초』를 저본으로 삼았다. 『향일초』는 '제2창작집'이라는 부제를 달고 있다. 하지만 예고된 네 권의 창작집 중에서 실제로 출판된 사례는 『향일초』가 유일한 것으로 파악된다.

- 본문의 표기는 원작의 분위기를 해치지 않는 선에서 최대한 지금의 맞춤법을 따랐다. 다만 독자의 편의를 위하여 불필요한 문장 부호를 덜어내고, 원문의 착오를 바로잡았다. 외국 고유명사의 경우 현행 외래어 표기법에 따라 표기했다.

- 문맥 이해에 필요한 경우 한글과 한자를 병기했다.

- 본문의 이해를 돕기 위하여 뜻풀이가 필요한 어휘는 각주로 그 의미를 살폈으며, 본문 배용과 관련된 도판을 삽입했다.

향일
초

향일초

1

치과의원 위층에는 원장을 위시하여 여러 동무들이 매일 밤으로 모여서 한담으로 밤을 보냄이 우리들의 상례였다. 세상에 대한 일이라든지 인신(人身)에 관한 이야기는 신문지보다도 먼저 우리들의 입으로부터 서로 전해졌다. 우리들 무리 중에는 의사도 있고, 학생도 있고, 또 그 외에 소설가, 음악가, 또는 돈을 물처럼 쓰는 부호의 자식, 부랑자, 자칭 시인, 소위 우국지사까지 있었다. 그러므로 우리들 사이에 일어나는 화제는 사회 각 방면에 미쳐서 그 재료가 결코 적지 않았다.

정치담이 끝나면 사교술이 토론되고, 예술론에 싫증이 나면 성욕 문제로 화제가 옮겼다. 그 결과는 남녀 양성에 대하여 각 사람이 제각기 자기 의견과 경험담을 토하여, 혹은 여성을 천신(天神)과 같이 찬양하는 자도 있고, 혹은 여자란 사갈(蛇蝎)[1]과 같이 악독한 자라고 저주하는 자도 있었다. 그러나 우리들은 누구나 할 것 없이 여성과 접근하기를 싫어하는 자는 없었다. 기회만 있으면, 사정이 허락만 하면, 어떤 여성과든지 친교를 맺어 보려는 욕망이 한결같이 우리들의 심중에 떠돌았음은 숨길 수 없는 사실이었다. 그렇다고 우리는 결코 선량한 여성을 유혹하려고는 하지 않았다.

이같이 2, 3개월 지나는 동안에 우리들에게는 한 가지 새로운 문제가 일어났다. 다른 것이 아니라, 매일 밤낮으로 귀한 시간을 잡담만으로 허송하는 것보다는 무엇이든지 실익이 있는 것을 해 보자는 말이었다. 이 의견은 물론 일치되었다. 그래서 우리는 '에스페란토[2]'라는 것을 연구하기로 했다. 교과서가 준비되었다. 교사는 일본 도쿄(東京)에서 세계 공통어를 다년 연구하고 돌아온 S 씨가 추천되었다. 물론 S 씨는 우리의 요구를 쾌히 허락했다. 그래서 그 이튿날 저녁부터 교과서의 첫 페이지가 우리 손에서 열리게 되었다.

그때는 바로 늦은 가을의 어느 월요일이었다. 오후 7시에 교과를 시작한다고 하였으나 지각한 2, 3명으로 인하여 한 시간 이상이나 지연되었다. 그래서 8시 15분경에

---

1) 사갈(蛇蝎): 뱀과 전갈
2) 에스페란토(Esperanto): 1887년에 폴란드인 자멘호프 박사가 창안한 배우기 쉬운 국제 공용어이자 가장 대표적인 인공어

• 명월관

이르러서야 겨우 공부를 시작했다. 매일 밤 두 시간씩 공부하기로 작정하였으므로 첫날은 10시 15분경에 공부를 마쳤다.

공부를 마친 후에 우리는 새로이 온 S 교사를 맞기 위하여 그의 초대연을 명월관에서 열었다. 다른 의미보다도 오로지 S 교사를 접대하겠다는 단순한 의미 안에서, 기생 세 사람을 불렀다. 이윽고 주문했던 술상이 들어오고, 기름 바른 머리와 분 바른 얼굴에 색 고운 의복을 입은 기생들도 연달아 들어왔다. 일동의 활기는 전에 백배했다[3]. 따뜻하고 향기로운 술기운은 전신에 불붙듯이 돌아서 크고 작은 혈관은 오래지 않아 파열될 듯이 뛰놀고, 아리따운 미녀들의 센티멘털한 수심가는 한 구절 한 구절마다 뇌리에 깊이 사무쳐서 울어야 좋을는지 웃어야 좋을는지, 일동의 흥취는 그 절정에 이르렀다.

그때 나는 홀로 가만히 생각해 보았다. 기생? 너는 기생이라는 직업적 관사를 쓰고 금전이라는 더러운 것의 노예가 되어 웃음을 파는, 여성 중에도 제일 가련한 여성이로구나! 그러나 지금 네가 부르는 노래는 너의 순진무구한 처녀혼의 절규가 아니냐? 나는 누추한 옷을 두른 걸인에게보다도 신성한 연애를 입으로 외는 아름다운 자태의 여자에게보다도 자신의 불운을 슬피 호소하는 너희들에게 백배 천배의 동정을 표한다. 오오, 가련한 낙오자들아!

3) 백배(百倍)하다: 용기나 기운이 크게 더해지다.

이 같은 부르짖음이 나의 심중에 끊임없이 솟아올랐다. 나는 다시 고개를 들고 정신을 차린 후 세 기생의 얼굴을 번갈아 가면서 주시했다. 나는 확실히 그네들의 얼굴에서 말할 수 없는 인간고[4]를 찾으리라고 예상했다. 그러나 그네들의 웃는 얼굴에서는 일종의 혐오할 만한 추파가 흘러나오는 것밖에는 아무것도 찾지 못했다. 나는 실망하기보다도 차라리 내 시각을 의심했다. 그러나 역시 전에 보던 추파 이외에는 아무것도 보이지 않았다.

나는 또다시 생각해 보았다. 세 번이나 여자에게 연애의 희생자가 된 경험이 있는 나로서는, 1년 동안이나 온갖 여성을 저주하고 질시하던 나로서는, 나의 사랑의 어린싹을 따뜻하게 품어 줄 자는 오직 너 하나뿐이라는 듯이, 다시 그네들의 말 한 마디 행동 하나에 온 마음을 기울였다. 일동은 나의 이상하게도 침착한 행동에 대하여 별로 주의하지 않은 모양이었다. 이때부터 나는 술잔을 사양하고 받지 않았다. 좌중에 있던 K는 껄껄 웃으며, 나의 어깨를 탁 치며 말했다.

"옳지. 자네는 또다시 옛날의 단꿈을 꿔 보려는 모양일세그려? 그것도 해롭지 않지……."

이상하게도 이 말 한마디가 나의 입을 틀어막아서 나는 무엇이라고 대답해야 좋을지 알 수가 없었다. 그때 나의 심중에 전광과 같이 비친 것은, '그러면 나의 행동을 벌써

4) 인간고(人間苦): 사람이 세상살이에서 받는 고통

눈치채였구나' 하는 의심이었다.

술자리는 차차 혼란해졌다. 술상은 한편 구석으로 치워 놓고 일동은 모두 일어서서 날뛰었다. 기생의 어깨에는 장구통이 메였다. 일동의 입에서는 〈방아타령〉, 〈양산도〉, 〈난봉가〉가 엉망으로 쏟아져 나왔다. 이윽고 일동은 피로를 깨달았던지 또다시 주저앉아서 술자리를 벌였다. 정종 병은 쌍쌍이 들어왔다. 일동은 자기네 옆에 기생이라는 것이 있는 것도 모르리만치 잔뜩 취했다. 이 눈치를 챈 기생들은 변소에 가느니, 전화를 하고 오느니 하고 어디를 갔는지 모두 달아나 버렸다. 그중에 홀로 남아 있는 기생은 처음부터 몹시 침착하고 우울한 기색으로 별로 웃지도 않고 마지못하여 손님에게 응대를 하는 듯한 평양 출생의 'N'이었다.

N은 나의 옆에 와서 앉더니 은근한 어조로

"왜 기색이 몹시 불쾌하신 모양입니다그려. 어디가 불편하십니까?"

하고 친절히 물었다.

이 여자는 나의 마음을 제일 많이 끌던 여자다. 나는 너무 의외에 기쁘기도 하고 놀라기도 하여 얼떨결에

"아니, 별로 불쾌한 것은 없지마는……."

"그러면 다른 분들과 함께 약주라도 잡수시지요."

"고마워. 나는 본시 술을 좋아하지 않는 성질이니까……. 그런데 자네는 왜 그렇게 상심한 사람처럼 앉았나."

"그럴 리가 있습니까. 언제든지 이 모양이지요……."

잠깐 동안 아무 말도 없었다. 그러나 나는 심중에 무한히 기뻐하는 동시에 N이라 하는 기생이 나에게 특별히 동정을 하는 듯한 눈치를 보고, 나 역시 그 기생에게 동정하는 마음이 백배했다. 나는 그 기생의 이름이 N이라는 것은 조금 전에 듣고 알았지마는 나이가 몇 살인지, 집이 어드메인지, 또 그의 가정의 형편이 어떠한지는 알 수가 없었다. 그러므로 나는 그런 것을 몹시 알고 싶었다.

"여보게, 자네 이름이 N이라지? 집이 어딘가?"

"제 집이요? XX동 132번지랍니다."

"몇 살이나 되었나?"

"열아홉 살이에요."

"열아홉……. 몹시 성숙했구려. 하하하, 자네보고 조용히 할 말이 있는데, 혹 들어주는지……."

"무슨 말씀입니까."

"지금 이 자리에서 말할 수야 있나. 언제든지 한가로이 만나거든 이야기하지."

"그러면 어려우시지마는 제 집에 한번 놀러오십시오그려. 내일 낮에……."

"내일 낮에? …… 기다리겠나?"

"기다리지요."

"그러면 내가 내일 2시쯤 해서 찾아감세. 꼭 기다려 주게."

이같이 서로 약속한 후에 나는 심중에 일어나는 환희의 정을 금할 수가 없어서 자진하여 술자리 한구석을 차지했다. 의식이 혼돈될 때까지 마셨다. 그러나 한 가지 의혹은 저 기생이 나의 신분이라든지 성명까지 짐작을 하고 저리 하나? 또 혹은 보통 다른 남자에게 하는 버릇으로 인사치레를 하는 것인가? 이 같은 의혹이 끊임없이 심중에 떠올랐다.

2

그러나 이 의혹을 풀 때가 돌아왔다. 나는 그 여자와 약속한 시간이 돌아오기를 고대하여 XX동 132번지로 발길을 향했다. 그 여자가 나를 기다리고 있었는지, 혹은 별로 볼일이 없었는지, 자세히는 알 수 없지마는 하여간 내가 찾아갔을 때 N은 반가운 낯으로 나를 맞았다.

첫째로 나의 눈을 놀라게 한 것은 실내 장식의 화려함이다. 기생집에 출입해 본 경험이 없는 나에게는 이것이 실로 기적 이상의 기적으로 보였다. 크고 작은 화류장, 자개 박힌 반닫이와 문갑, 네 벽에서 어른어른하는 얼음장 같은 체경5), 벽시계, 탁상시계의 소란한 진자 소리, 천장 밑

---

5) 체경(體鏡): 몸 전체를 비춰 볼 수 있는 큰 거울

으로 둘러 걸린 수채화와 유화. 나는 사실대로 고백한다마는 실로 아연하여 한 마디 말도 토할 용기가 없었다. 이것이 이발소인가, 가구점인가, 시계상인가, 사진실인가, 의심한 것도 무리가 아닐 것이다. 주인 기생이 권하는 대로 나는 아랫목 상석에다 엉덩이를 붙이고 앉았다. 자세히 본즉 내가 깔고 앉은 것은 모본단6) 보료7)! 내 어쩐지 연인의 품에 안긴 듯한 만실만실한 기분이 떠돌더라니.

이 여러 가지 기현상을 볼 때 직감적으로 뇌리를 찌른 것은 기생의 사랑을 빼앗으려면 다른 여자의 사랑을 얻을 때보다 이상의 그 무엇을 가져야 하겠다는 생각이었다. 연애와 황금 이 두 가지는 같은 크기의 세력으로 나의 머리를 찔렀다. 그러나 아무리 비단옷 입고 고기를 먹으며 호사로운 생활을 한다는 기생이기로 이같이 화사할 수야 있나? 만일 기생에게는 이만한 정도의 생활이 절대로 필요하다 할진대, 그에게 사랑을 주고 그의 사랑을 받는 자는 반드시 이만한 경제력이 있어야 하리라는 생각이 나의 용기를 꺾었다.

이윽고 '초콜릿'이라는 고급 음료가 순 서양식 다기에 담겨서 N의 백설 같은, 움켜쥐면 터질 듯한 가냘픈 손에 의지하여 나의 앞에 나왔다. 나는 또다시 놀랐다. 5전짜

---

6) 모본단(毛本緞): 수자직으로 정밀하고 윤이 나게 제작된 비단
7) 보료: 솜이나 짐승의 털로 속을 넣고, 천으로 겉을 싸서 선을 두르고 곱게 꾸며, 앉는 자리에 늘 깔아 두는 두툼하게 만든 요

• 보료 위에 앉은 기생의 모습
• 자개 박힌 서랍장

리 차를 마시러 간 놈에게 2원이나 3원짜리의 포도주를 따라 놓은 듯이, 나는 확실히 비행기를 탔다. 까딱 잘못하다가는 비행기의 추락과 마찬가지로 다기를 떨어뜨릴 뻔했다. 자개로 만든 벼룻집 서랍이 열리더니, N이 꺼낸 것은 이름 모르는 금구(金口) 담배. 다시 두말할 것 없이 나는 이 집에 들어온 것을 후회하기에 이르렀다. N의 마음이 아무리 순진하더라도, 또 설혹 나에게 향하는 마음이 아무리 진지하더라도 나는 물질의 세력하에 구속된 N에게 나의 속마음의 천분의 일도 말하기가 어려우리라고 생각했다.

속담에 '꿰다 놓은 보릿자루'라는 말은 나를 두고 한 말이다. 나는 사실상 아무 말도 하지 못하고, 주인의 묻는 말에 겨우 대답을 하기에도 이미 땀을 줄줄 흘렸다. 이것은 내가 기생과 교제해 본 경험이 없는 까닭인 동시에 기생 앞에서는 어떠한 용자나 쾌남자라도 그만 우물8)이 되어 버리는 것이다.

한 마디 두 마디 설왕설래하는 동안에 나는 적이 비통했다. 그러나 아직까지도 내가 하고 싶은 말, 내 심중에 숨겨 있는 비밀은 토설할 수가 없었다. N은 내 심중을 들여다본 듯이 방긋 피어오르는 장미와 같은 미소를 띠면서

"H 씨는 너무 얌전하서요. 그렇게 얌전만 피우지 마시고, 무슨 재미있는 이야기라도 좀 하십시오그려."

8) 우물(愚物): 어리석은 사람을 낮잡아 이르는 말

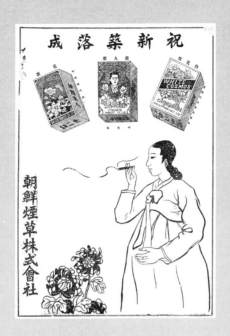

• 담배 광고
• 초콜릿 광고

하고 말했다. 나는 붉어지는 안색을 숨길 수 없었다.

"얌전이란 무슨 얌전인가. 본시 말솜씨가 없으니까 그러한 것이지……."

"말솜씨는 없으셔도 음악은 잘하시던데요."

나는 공성포를 맞은 성 무너지듯이 가슴이 덜컥 내려앉았다. 음악은 잘한다고! 이것은 어디서 들은 말인가?

"왜 그렇게 놀라서요? 말씀을 잘못했습니까?"

"아니, 그런 게 아니라……. 음악은 잘하더라니 어디서 그런 말을 들었나?"

"왜요? 달포 전에 XX에서 음악 연주회를 할 때 저도 가서 구경했답니다."

"아마 잘못 본 것이지! 내가 음악이 무슨 음악인가!"

"음악을 잘하신다면 누가 그 재주를 빼앗아 갑니까? 그런데 정말 그날 저녁에는 퍽 재미있게 들었어요. 그날 하신 곡조가 무엇이던지?"

속이려 해도 속일 수 없다. 그 여자는 벌써 나의 본색을 알고 있었다. 나의 본색을 아는 이상에야 내 성명이 무엇인지, 어떠한 사람인지, 이런 것을 아는 것도 별로 괴이쩍을 것은 없다. 그때 나는 다시 생각을 했다. 옳다. 만일 저 기생이 나에게 사랑을 준다 하면, 그것은 나의 용모의 아름다움이나 재산을 탐한다는 것보다도 차라리 나의 예술에 심취가 된 것이라고. 이같이 생각한 나는 적이 용기를 회복하는 동시에 조그마한 자만심을 가지고 그를 대하게 되었다.

이 말 저 말 하는 동안에 전등에는 불이 들어왔다. 나는 날이 이미 저문 줄을 알고 곧 일어서서 나오려 했다. 이때 N은 대담스럽게도 나의 손을 꼭 쥐면서

"왜 그렇게 속히 가시렵니까. 더 노시다 가시지요."

하고 나를 만류했다.

그 여자의 손이 내 손에 닿자마자 전류와 같은 속도로 나의 가슴에는 동계9)가 일어났다. 나는 정직하게 고백한다. 그때 그 여자에게 손을 잡혔을 때 나의 감정상 받은 달콤한 맛은 내가 처음으로 어떤 여자와 사랑을 할 때, 그 여자와 악수하던 맛과 꼭 같았다. 그러나 나는 후일을 기약하고 N과 작별하고 나왔다.

그 이튿날 밤이다. 치과의원에는 여느 날과 같이 우리네 동무들이 모였다. 나는 어제 N과 작별한 후로, 불붙듯 하는 정열, 아니 정열이라기보다도 끊임없이 일어나는 의혹과 미래에 대한 간절한 그리움과 영원한 행복의 희구와 말할 수 없는 막연한 동경으로 인하여, 오뇌와 번민의 꿈속 세계를 돌아다녔다. 이와 같은 복잡하고 혼돈한 감정에 싸여서 나는 치과의원 문안으로 들어섰다. 나를 본 여러 동무들은 제각기 싱긋싱긋하고 웃었다. 우스운 소리 잘하는 의학생 L은 조롱하는 듯한 어조로

9) 동계(動悸): 심장의 박동이 빠르고 세지는 일

"자네 제일일세. 한턱하게."

하고 말했다.

나는 그 의미를 해석하기 곤란했다. 혹시 내가 어제 N
을 찾아간 것이 탄로가 되지 않았나? 그렇지 않으면 N이
나를 찾아보러 왔었더란 말인가? 하여간 나는 시치미를
뚝 떼고 천연스러운 어조로

"그게 무슨 말인가, 닥터? 왜 사람을 보면 히야카시[10]
만 하고 그래? 그 학생 '드라이문'이로군……." (드라이문
이라 함은 영어의 Dry-Moon이니, 즉 건월(乾月), 다시
말하면 건달이라는 말이다.)

"가만있어! 내가 바른대로 말함세. 아까 웬 여학생이 자
네를 찾아와서 어디로 좀 만나자고 하며 편지를 두고 가
데. 자, 한턱한다면 내주고, 그렇지 않으면 누구든지 먼저
한턱을 내는 사람이 이 편지를 받기로 하세."

"편지를? 한턱할 가치만 있으면 하다뿐이겠나."

하고 나는 호기롭게 말했다.

"한턱, 도코로쟈나이요[11]. 두 턱 세 턱의 네우치[12]가
있네."

"요로시[13]."

하고 나는 다시 쾌히 수락했다.

---

10) 히야카시(冷かし): 일본어로 '놀림'이라는 뜻
11) 도코로쟈나이요(どころじゃないよ): 일본어로 '~뿐만 아니야'라는 뜻
12) 네우치(値打ち): 일본어로 '가치'라는 뜻
13) 요로시(よろし): 일본어로 '좋아'라는 뜻

과연 한 통 편지는 이날 낮에 광화문 우편국의 소인이 찍혀서 나에게로 왔다. 제일 급한 것은 발신인이 누구인지 알고 싶은 생각이었다. 그러나 겉봉 뒤에는 "XX동 132번지 N으로부터"라고 분명히 써 있었다. 나는 속으로는 펄펄 뛰고 싶었으나 주위를 살펴보고는 억지로 자제했다. 일동은 나의 눈치만 물끄러미 쳐다보면서 빙글빙글 웃었다.

에스페란토 강의는 S 선생 열심 아래에 세 번째 강의가 열렸다. 그러나 나에게 한턱 받아먹으려는 생각에 정한 시간이 채 되기 전에 끝을 마쳤다.

일동은 교과서를 덮자마자, 곧 나에게 덤벼들다시피 하며 한턱을 내라고 강청했다[14]. 나도 역시 한턱을 내고 싶은 마음이 있었다. 음식 생각보다도, N을 만나 보고 싶은 생각에.

3

명월관 제10호실에는 전일과 같은 청년 한 무리가 다시 모였다. 나도 그중에 참석했고 물론 S 선생까지도 거기 있었다. 기생도 불렀다. N을 선두로 하여 작은 N, C, W 등

14) 강청(強請)하다: 무리하게 억지로 청하다.

의 네 미인이 불렸다.

나는 'WC'에 갔다 온다 하고 나와서, N에게서 온 편지를 남몰래 읽었다. 아직까지 이 편지를 읽을 틈이 없었으므로. 글씨도 얌전하거니와 의미도 간결했다. 나는 N이라는 기생의 손으로 이만큼 훌륭한 편지를 쓸 줄은 꿈에도 생각지 못했다. "경애하옵는 H 씨의 앞에"라는 서두를 붙인 다음에, 아래와 같은 말이 써 있었다.

어제 H 씨께서 몸소 찾아와 주신 후의에 대하여는 무엇이라고 감사할 길을 알지 못하나이다. 그러나 그보다 더욱 기쁜 것은 천한 계집의 몸에 고귀하신 당신의 사랑을 받게 된 것을, 무엇보다도 행복으로 알고 기뻐합니다. 저는 당신의 몸이나 마음을 사랑한다는 것보다도, 당신의 진지한 예술을 더욱 사랑합니다. 저의 일생은 당신의 예술 안에 바쳐서 그 힘으로써 살아가고자 하나이다. 그러나 이것은 오직 당신의 귀한 결정에 달린 것입니다. 제가 당신을 사랑한다니까 당신께서도 저를 사랑해 주시겠다는 것은, 비록 천한 저의 몸으로라도 진실로 원치 아니하는 바이올시다. 제가 당신을 사랑하는 그것만치 당신께서도 저를 사랑하시겠다는 그 무엇이 있어야 될 것이올시다. 너무 당돌한 말씀 같사오나 이것은 속일 수 없는 저의 진정한 고백이올시다. 이 뜻을 받고 아니 받으시는 것은 오직 당신의 자유이겠지요마는 받지 아니하신다더라도 저는 결코 원망하지 않사오리다. 저에게는 아무것도 없습니다마는 오직 처녀와 같은 결백한 저의 혼이 있습니다. 이 혼만이 저의 전체인 동시에 당신께 바치려는 것의 전부이올시다. 제가 이때껏 동경하고 쫓아오던 것을, 오늘에야 비로소 발견했습니다. 이것을 기념하기 위하여 영광스러운 어제를 제 맘속에 깊이 새겨 넣었습니다. 이와 같은 말씀을 감히 올리게 되어 죄를 사할 길이 없습니다마는 당신의 마음 중 가장 부드럽고 따뜻한 부분으로 이 죄를 싸 주시면 저에게는 한없는 기쁨이 되는 동시에, 그 속에서 저의 일생의 미화(美花)가 봉오리를 맺겠나이다.

폭풍우가 지난 뒤에 첫 햇빛을 받는
어린싹 N으로부터

나는 이 편지를 품속에 깊이 품고 방 안으로 들어갔다. 기생들도 그동안에 다 와 있다. 물론 N까지도. 나는 N을 쳐다보는 동시에 그의 얼굴이 발그레해짐을 보았다. 아아, 이때 나의 안색을 본 사람이 있다 하면 반드시 N 이상으로 붉었었음을 알았을 것이다.

　이날의 술자리는 실로 유쾌했었다. 나는 조금도 사양치 않고 남과 같이, 아니 남 이상으로 술을 마셨다. 그러나 술잔을 들 때마다 N은 나의 얼굴을 유심하게 쳐다보았다. 그의 눈에는 술을 많이 마시지 말라는 암시가 확실히 보였다. 그러나 나는 N의 애달픈 가슴을 바싹 태우는 것이 무엇보다 유쾌하여 N이 나의 얼굴을 쳐다볼 적마다 일부러 술을 더 마셨다. 취기는 전신에 돌아서, 불붙듯 하는 혈기는 머리로 거꾸로 솟았다. 의식은 완전히 소실되었다. 그러나 술잔은 오히려 기계적으로 나의 입술을 적셨다. 나는 기억한다마는 12세부터 술을 마시기 시작한 후로 이날처럼 몹시 취해 본 적이 없었다. 나의 첫 번째 연인과 두 번째 연인은 내가 음주하는 것을 몹시 혐오하여 한 번에 다섯 잔 이상 마시는 것은 절대로 허락하지 않은 일까지 있었다. 그러나 나는 그것을 조금도 불쾌하게 생각지는 않았다. 그런데 지금에 또다시 N이라는 여자는 나의 술잔을 제한하려 했다. 나는 어떤 의미로 보아서는 이것을 감사히 생각했고, 이것을 유쾌히 생각했다. 그러나 '오늘 하루만 더 용서해다고' 하는 듯이, 수도 없는 술잔을 떨리는 손으로 기울였다.

처음에 일본 '정종'이라는 술로 시작하여 80여 병을 말린 후에는 '위스키'를 바꿔 들였다. 그것이 또 한 10여 병! 한 되들이 위장 안에 한 말 술이 들어가 놓고 보니, 갈 데가 어디인가? 전신을 순환하는 혈기는 붉은 피인지 더운 술인지 분간할 여지가 없었다.

위스키가 8병째 들어올 때까지는 술잔을 드는지 놓는지, 이만한 정신은 남아 있었다. 그러나 그 후의 일은 막연하다.

이튿날 아침에 깨어 보니 내가 누워 잔 곳은 천당(혹 지옥인지도 모른다.)인 듯했다. 내가 깔고 덮은 침구는 내 평생에 한 번도 사용해 본 일이 없는 모본단 침구! 그러면 이것은 분명히 N의 집이로구나! N은 어디 갔을까? 만일 N이 내 앞에 있었던들 나는 그의 팔딱팔딱하는 가슴을 나의 불붙는 가슴 속에 꼭 껴안았으랴마는 하고 유감스러운 생각으로 고개를 돌려서 실내를 살펴보니, 아아, 이것이 웬일인가! N은 자기 자리를 나에게 빼앗기고도 아무 원망 없이 안온하게 윗목에서 단꿈을 꾸고 있구나!

대체 어찌 된 셈인가? 어느 틈에, 무슨 정신으로 이 집에 왔었나?

나는 가만히 일어났다. 그래서 윗목으로 살금살금 걸어 가서 N의 잠든 얼굴을 들여다보았다. 천신이다! 선녀다! 여자의 잠든 얼굴을 본 적도 없지마는 아마 이만치 아름답고 평화로운, 그리고 또 만족한 얼굴은 N 외에는 찾지 못하리라고 생각했다. 나는 고요히 몸을 굽혀서 그의 잠든 얼굴에 살짝 입술을 맞췄다. 이때 N은 잠을 깬 후 눈썹을 살그머니 들었다. 영광의 미소는 소녀의 얼굴에 충일했다. 나는 이때 심중에 부르짖었다. '복 있을지어다, 어린 소녀여!' 하고. N은 나의 팔을 잡아당긴 후 자기 가슴에 나를 꼭 껴안았다. 나도 역시 힘껏 얼싸안았다. 이때 두 사람의 흉중에는 그 무엇이 말없이 속살대었다.

이윽고 소녀는 일어났다. 나는 독자에게 말해 두련다.

지금부터는 N을 기생이라고 부르지 않겠다는 것을. 나는 그 집에서 세면을 한 후 의복을 입었다. (어느 틈에 의복을 벗었는지는 모른다.) '와이셔츠'를 입고 '칼라'를 끼운 후 '넥타이'를 매려니까, 소녀는 그것을 빼앗아 들며 자기가 모양 있게 매어 주마고 했다. 나는 그가 하자는 대로 맡겨 두었다. 과연 모양 있게 매어졌다. '넥타이핀'도 알맞게 꽂혔다. 소녀는 경대 위에 놓인 향수병을 집어서 향수 한 방울을 넥타이 위에 떨어뜨렸다. 아름다운 향기는 공기의 파동과 함께 코를 찔렀다. 나는 기억한다마는 그 향기는 나의 전신에 침입하는 듯하여 상쾌함이 마음까지 가볍게 했다.

이윽고 나는 방문을 나왔다. 일종의 미안한 마음과 부끄러운 정을 깨달으면서. 나는 그날 저녁에 집에 돌아와 잘 때 N이 매어 준 넥타이를 풀기가 얼마나 애석하였을지! 면경15)을 손에 들고 면경에 비치는 넥타이를 물끄러미 들여다보다가는 한번 싱긋 웃었다. 그러나 그 웃음은 만족한 웃음인 동시에 혐오와 증오의 웃음이었다. '이까짓 것을……' 하고, 나는 자신의 야비한 마음을 자괴했다. 그러나 곧 다시 떠오른 생각은 '왜 무슨 까닭에! N이라는 소녀는 XX보다도 ○○보다도 더 순진하고 결백하지 않은가! 그의 사랑이야말로 모든 다른 여자의 입에서 나오는 싼값의 매물인 사랑보다도 얼마나 고귀한가!' 이같이

15) 면경(面鏡): 주로 얼굴을 비춰 보는 작은 거울

고쳐 생각한 후에 나는 넥타이를 풀었다. 그러나 다른 때와 같이 난폭하게 풀지는 않았다. 넥타이를 들고 한참 동안 다시 들여다보았다. 부모 된 이가 사랑하는 자식을 손에 안고 귀여워서 들여다보듯이. 그러고는 곧 다시 입에 댄 후 무수히 키스를 했다.

나는 자리를 편 후 그 위에 누웠다. 그러나 나는 어제 받은 N의 편지가 생각나 잠을 이루지 못했다. 끝내 나는 다시 일어나서 그 편지를 상의 주머니에서 꺼내 든 후 한 번 읽고, 두 번 읽고, 봉투 속에 착착 개어 넣었다가는 또다시 꺼내 읽었다. 읽을수록 가슴이 뛰노는 그 무슨 암시와 같은 것을 깨달았다. 지금 생각하면 우습기도 하고 어리석기도 하지마는, 나는 그날 밤에 N이 나를 찾아서 내 방 창 앞에까지 쫓아온 듯한 생각이 끊임없이 솟아올라서 필경 창문을 열어 보기까지 했다.

한 시간, 두 시간. 밤은 깊어서 멀리 들려오는 개 짖는 소리가 이따금씩 심야의 침묵을 깨뜨릴 뿐이다. 나는 다시 일어나서 붓을 들고 편지를 쓰려고 했다. 그러나 마침 '레터 페이퍼'가 없었다. 아아, 유감! 유감! 다른 사람에게만 장의 편지를 쓰는 것이 (그것이 설혹 금전상 관계라든지 또는 일신상 이해에 관계되는 일이라 하더라도) N에게 한 장의 정다운 이야기를 쓰는 것에 비하여 무슨 가치가 있다는 말인가? 왜 편지 한 장도 남겨 두지를 못했던가? 에에, 유감 천만!

이같이 홀로 지껄이고는 다시 자리에 누웠으나 잠이 올 까닭이 없었다. 이날 밤은 할 수 없이 그대로 밝혔다. 그러나 속임 없이 말하라 하면 그날 밤만이 아니라 그 후로부터는 거의 매일 밤 철야하는 것이 습관이 되었다. 바로 만성의 신경 쇠약자와 같이.

그 후에도 N을 두 번이나 찾아갔다. 그러나 한 번도 만나 보지 못했다. 그리고 요리점에서 만나 볼 기회도 다시 없었다. 그리하여 거의 이 주일이라는 장구한 동안 나는 중병에 신음하는 사람과 같이 고통받고 번뇌했다. 가끔가끔 (세 번밖에는 안 되지마는) N의 편지를 받아 보기는 했지마는 그것은 나에게 위안을 주기보다도 오히려 고통을 줌이 많았다.

나는 심중에 적이 염려했다. 이같이 하다가는 필경 신경 쇠약증에 걸리고야 말리라고. 그러나 다행히 건강을 회복할 기회가 돌아왔다. 그것은 11월 상순부터 12월 말경까지의 장기 연주 여행을 하게 된 것이다.

4

음악의 힘은 위대한 것이다. 성내어 소리 지르던 맹수도 음악을 들을 때는 고요히 귀를 기울이는 것이다. 음악은 사람의 성정을 순화하는 생명 있는 예술이다. 나는 이 예술의 위력으로 말미암아 나의 심적 병증을 치료할 수가 있었다.

순회음악단의 단원은 남녀 8명이었다. 11월 8일에 경성을 출발하여 먼저 삼남 각지를 순방하고, 그다음에는 평안남북도를 순회한 후, 12월 25일에 경성에 귀환할 예정이었다.

11월 7일 밤, 떠나기 전날 밤에 나는 N을 찾아갔다. 다행히 그는 자기 집에 있었다. 그러나 다른 손님이 먼저 와 있으므로 나는 고별의 뜻만 표하고 돌아섰다. 내가 N을 안 후에 이날 밤처럼 불쾌한 날은 없었다. 다른 손님이 있다는 말을 들을 때 나는 질투와 의혹의 정을 깨달았다. 그러나 그것은 다행히 나의 마음에 적지 않은 반성을 주어서, 나는 N에 관한 모든 일은 전연 단념하고 일행과 함께 즐거이 놀 때 가만히 있었다. 그러나 N에 대한 불붙듯 하는 연정은 손님이 있었다는 단순한 이유 아래에서 쉽게 사라질 수는 없었다.

연주는 가는 곳마다 성공을 했다. 일행의 원기는 날로 더해 갔다. 그네들 틈에 낀 나는 부지중에 원기를 회복하게 되었다. 떠난 지 일주일 만에 나는 N에게 편지를 썼다. 그리고 답장을 하려거든 대구 우편국 유치 우편[16]으로 하

---

16) 유치 우편(留置郵便): 발신인의 청구에 의하여 그의 지정 우체국에 유치하여 두었다가 수취인이 직접 받아 가는 우편 제도

라고 했더니, 급기야 대구에 도착해 본즉 N이 부친 편지는 도합 여덟 장이나 되었다. 매일 한 장씩 부친 모양이다.

모처럼 침식되어 가던 나의 정열은 또다시 타오르기 시작했다. 나는 참고 기다릴 수가 없이 되어서 N에게 곧 쫓아 내려오라는 전보를 띄울까 했다. 그러나 '일행이 이러한 사실을 알게 되면?' 하는 염려가 있어서 혼자서 속 타는 고민 중에 지긋지긋하게 지내 갔다. 그럭저럭하는 동안에 경성으로 돌아가던 12월 24일까지는 아무 과실 없이 무사히 지내 왔다.

경성역에 도착한 때는 오후 7시, 나는 악기를 일행 중 C군에게 맡기고 그길로 곧 N의 집으로 향했다. 나의 심중에는 무엇보다도 N의 안부를 알리라는 단순한 생각밖에는 없었다.

거의 두 달 만에 N의 얼굴을 대했을 때 나의 가슴은 얼마나 뛰었을까! N과 나는 손목을 마주 잡고 방 안으로 들어갔다. 상제의 심판이나 받는 듯한 불안과 회의에 싸여서.

N은 전등불에 비치는 나의 얼굴을 보더니 깜짝 놀라며
"어째서 신색이 이렇게 변하셨어요?"
하고 물었다.

나는 그때서야 벽에 걸린 체경에 나의 얼굴을 비춰 보았다. 나 역시 놀랄 만큼 안색이 초췌했다. 나는 한숨을 길게 쉬며

"이것이 청춘 남녀의 심중을 말하는 증거인가보이."

하고 창연히 대답했다.

N은 나를 보고 저녁밥을 먹었느냐고 묻더니 밖에 나가서 무엇을 준비하라고 분부하는 듯했다. 그러나 N에게 이러한 폐를 끼치는 것이 미안하다고 생각하여, 나는 N을 불러서 함께 저녁을 먹으러 가자고 강권하여 우리 두 사람은 문밖으로 나왔다. 종로 태서관이라는 서양 요리점으로 갔다. '염불에는 마음이 없고 잿밥에만 마음이 있다'는 셈으로, 나는 음식보다도 그간의 격조했던 정회를 말하기에 여러 시간을 보냈다.

이윽고 요리점 문간을 나올 때는 만뢰[17]가 적막한 오경[18] 심야였다. 초저녁부터 날씨가 몹시 음험하더니 어느 때부터인지 함박눈이 쏟아지기 시작하여 경성의 시가는 어느덧 은세계를 이루었고, 길거리에는 행인의 자취가 끊겼다. N과 나는 서로 팔을 걸고 나란히 서서 걸어갔다. 그때의 쾌미란 지금까지도 형용할 만한 말을 찾을 수 없다. 밤은 이미 깊은즉 불가불 N을 그의 집까지 바래다줄 수밖에 없었다. 나와 N은 먼저 무슨 약속한 것이나 있는 듯이 무언중에 XX동 골목으로 들어섰다. 이때 N은 자기 집으로 들어가는 것이 애석한 듯이

---

17) 만뢰(萬籟): 자연계에서 나는 온갖 소리
18) 오경(五更): 하룻밤을 다섯 부분으로 나누었을 때 맨 마지막 부분. 새벽 3시에서 5시 사이

• 대한문
• 광화문

"눈도 오고 밤도 고요하니, 우리 산책이나 더 하십시다."

하고 청했다. 나도 본시 그리하고 싶은 생각은 간절했으나, 다만 입 밖에 발설을 하지 못했을 뿐이다. 어찌 사양하였으랴. 두 남녀는 곧 발길을 돌이켜서 광화문통 대로에 이른 후, 다시 대한문을 향하여 걸어갔다. 대한문 앞에서 황금정, 황금정에서 종로, 이 순서로 걸음걸이가 빠름을 한하며 느릿느릿 걸었다.

이날은 '크리스마스' 새벽이다. 동현[19] 천주교당의 은은한 종소리는 넓은 경성 시내에 만민의 구주가 탄생하신 길보를 전하는 듯, 천상에는 상제의 은혜가 무지개처럼 서고, 지상에는 구원을 입은 만민들을 위하여 평화의 상서로운 기운이 피어오르는 듯했다. 이때 새삼스럽게 창연한 정이 나의 심중에 떠올라서 나는 내 팔에 매달리다시피 한 N을 돌아보며

"여보게! 오늘이 크리스마스일세그려. 만민을 구원하실 예수는 유태[20] 성지에 탄생하셨네! 이 눈을 보게! 더럽고 암흑하던 천지는 백설에 덮여서 높은 곳이나 낮은 곳이나, 넓은 곳이나 좁은 곳이나 분간할 수 없이 모두 다 함께 정화를 했네. 우리도 이와 같이 더러운 죄악에 싸인 마음을 오늘 저녁 이 눈으로 깨끗이 씻고, 결백한 마음으

---

19) 동현(銅峴): 서울 중구 을지로1가와 을지로2가 사이에 있던 얕은 고개로 현재 서울 중구 을지로 일대를 일컫는 옛 명칭
20) 유태(猶太): '유대'의 음역어로 고대 팔레스타인에 있던 유대인 왕국을 뜻함.

로 부끄러움 없는 생활을 해 보세!"

이 말을 들은 N은 무엇에 감동된 사람처럼 비창한 어조로

"저와 같이 더러운 계집도 구원을 받을까요?"

하더니, 이윽고 흑흑 흐느끼는 소리가 들리며 두 눈에서는 눈물이 흘렀다. 나는 실로 감개무량했다. 무엇으로써 N의 가련한 경우에 동정을 하며, 무엇으로써 그의 쓰린 가슴에 안위를 줄 수가 있을는지. 그때 내 눈에서도 눈물이 흐르지 않았다 하면 피가 흘렀을 것이다.

"여보게, N! 너무 상심 말게! 우리는 다 같이 구원을 받은 사람일세. 지금부터는 자네의 따뜻한 품에서 내가 살고, 나의 따뜻한 품에서 자네가 성장할 것이 아닌가? 마음이 약한 자는 항상 실패를 하는 것일세. 우리는 마음을 가다듬고 뜻을 굳세게 하여 우리의 앞길을 위하여 또는 우리의 사랑을 위하여, 영원한 행복과 영겁의 평화를 찾아갈 뿐이 아닌가……. 자, 밤도 이미 깊었고, 날도 추우니 그만 집으로 돌아가세."

하고 우리 두 사람은 걸음을 조금 빨리하여 XX동으로 향했다. 이윽고 N의 집 문 앞에 이르렀을 때 나는

"그러면 편안히 자게. 나는 돌아갈 것이니!"

"그게 무슨 말씀이셔요? 지금 이 새벽에 어디를 가신다는 말씀입니까! 들어오셔서 이야기나 더 하다 가십시오그려……."

나는 마지못하는 체하고 N의 뒤를 따라 들어갔다. 주인 없는 방 안에는 쓸쓸한 바람이 휘 불었다. N은 곧 화로 위에 다관[21]을 올려 물을 끓인 후, 따뜻한 차를 만들었다. 차의 향기는 실내에 돌고 따뜻한 맛은 전신을 녹였다.

그날 하룻밤은 N의 집에서 편히 잤다. 그러나 전에 내가 그 집에서 잘 때와는 아주 달랐다. 첫째로 침구가 하나밖에는 깔리지 않았고, 나의 품에 보옥 중의 보옥이요, 총애물(寵愛物) 중의 총애물 되는 N이 따뜻하게 안겨 있었다. 나는 이날부터 N을 부를 때, 나의 "달링(Darling)"이라 불렀다.

5

이날부터 N은 나의 최후의 연인이라는 생각이 더욱 강고해졌다. 만일 불행하게도 N과 관계를 끊게 된다 하면, 나는 어떠한 방면에서라도 다시는 연인을 구할 수가 없겠다고 생각한 까닭이다.

이날은 다른 날보다도 특별히 일찍 치과의원에 출석했다. 그러나 원장 외에는 아무도 온 사람이 없었다. 나는 여

---

21) 다관(茶罐): 차를 끓여 담는 그릇. 주전자와 모양이 비슷하며 사기, 놋쇠, 은 따위로 만든다.

러 동무들이 어서 오기를 고대했다. 그래서 그들이 나를 보고 축하해 주든지 그렇지 않으면 비록 조소라도 해 주기를 바라고 기다렸다.

이윽고 그들은 한 사람, 두 사람 다 모였다. 그러나 물론 나의 어제저녁 사실은 아는 이가 없었다. 나는 극히 신중한 태도를 취하여 이 사실을 비밀 속에 파묻으려고 했다. 그러나 나는 끝내 내 입으로 먼저 이 사실을 자백하지 않고는 견딜 수가 없게 되었다. 그들은 나의 이야기를 꽤 흥미 있게 듣는 모양 같았다. 이윽고 우국지사로 자처하는 C는 극히 침착한 태도로, 그러나 일종의 모멸하는 듯한 어조로 말했다.

"자네도 별수 없네그려. 여자라면 극성스럽게도 욕을 하더니 이제는 기생과 연애를 해?"

나는 이 말을 들을 때 심히 불쾌했다. 그래서 그와 시비를 다투어 보려고까지 생각했다. 그러나 옆에 있던 시인 R 군이 이상하게도 경쾌한 어조로

"아이 러브 유, 유 러브 미, 베이비가 데키데모[22], 아이 돈트 노.(I love you, you love me, Baby를 낳더라도, I don't know)"

라고 노래하듯이 말했으므로 우리는 모두 껄껄 웃어 버렸다. 그러나 나는 오히려 불만스러운 어조로 R 군을 보고 말했다.

22) 데키데모(できでも): 일본어로 '생기더라도'라는 뜻

"물론 여자는 악독한 동물일세. 그러나 그중에도 만일 선량한 여성이 있다 하면, 그것은 차라리 화류계 여자 중에 있을 것일세!"

"아무렴 잘되었네. 자네는 실연을 했느니 무엇을 했느니 하고 정신병자나 염세 철학가같이 세상을 비관하더니, 새로운 연인이 생겼다니 듣던 중 반가운 일일세. 자, 그러면 오늘은 H 군을 위하여 축하연을 해 볼까?"

하고 좌우를 돌아보며 C가 말했다.

"그것도 좋지!"

하고 일동은 이에 찬동했다.

실상 이날 저녁의 놀음은 나를 위한다는 의미가 대부분이었다. 그리고 또 연말이 되었으니 망년회도 할 겸 겸사겸사하여, 일동은 각각 10원씩 돈을 내어 합자를 했다. 나 역시 자본 있는 한 사람으로 10원을 내놓았다. 합자 총액은 80원이었다. 장소는 명월관, 기생은 4명. 이 같은 조건 아래에서 하룻밤의 주연(酒宴)이 훌륭하게 열렸다. 그러나 나는 술은 많이 마시지 않았다. 그보다도 그 자리에 참석했던 N의 심정을 엿보려고 애를 썼다.

그날 밤에 요리점 문을 나오기는 오전 3시가 조금 지난 때다. 나는 어젯밤과 같이 N과 함께 그의 집으로 갔다. 나는 그날 밤에 나의 심중에 있는 말을 하나도 속임 없이 N에게 모두 말하고 말았다. 처음에 어떤 일본 여자와 가까이하여 나의 첫사랑을 맺었다가 실패를 당한 일과, 그 후에 어떤 여류 예술가를 연모하여 심혼(心魂)을 기울이다가 결국은 그 여자가 다른 남자에게 반하여 두 번째 실연의 쓰리고 아픈 맛을 보던 일과, 또 나의 본처와는 부부라는 민적[23]상의 형식적 관계가 있을 뿐 하등 이해와 사랑이 없으므로 필경은 참혹한 이연[24]의 눈물을 흘리지 않을 수 없겠다는 말을 다 했다. 실상 나는 한없이 고독한 지경에 처해 있었다. 집에 들어가면 인형의 가정이나 다름없고, 밖에 나오면 심신을 위안해 주는 자가 없어서 항상 이 세상을 비관하고 저주했다. 그러던 차에 천행으로 N이라는 특수한 여성을 만나서 그로부터 무한한 위안을 받는 동시에, 나의 짓밟히고 시들어진 사랑의 싹이 다시 소생하게 되매 나는 그를 나의 최후의 연인으로 알고 전심으로 사랑하지 않을 수 없었다. 그러나 그는 화류계라는 특수한 부락에 처한 여자라서 그만한 부자유와 고통을 받게 됨은 또 면치 못할 사실인 줄도 알았다.

그날 밤에 나는 N이라는 나의 달링을 품었을 때 한없는 유쾌와 만족을 깨닫는 한편, 끊임없이 일어나는 의혹으로 말미암아 그의 본심을 시험해 보지 않을 수 없었다. 나는 N에게 나 이외에도 다른 애인이 있지나 아니한가 의심하여 최후의 용기와 결심으로 그에게 물어보았다.

---

23) 민적(民籍): 예전에 '호적'을 달리 이르던 말. 민적법은 통감부에 의해 1909년에 처음 시행되었다.
24) 이연(離緣): 인연을 끊음.

"나로 말하면 물론 부족한 남자일세. 이 세상에 많고 많은 남자 중에도 자네가 나를 특별히 사랑한다니까 고맙고 기쁘기는 하지마는 그렇기로 자네의 사랑을 욕망하는 사람이 하필 나 한 사람뿐이겠나. 꽃은 아름다울수록 나비 떼를 끄는 힘이 강한 것이 아닌가!"

"그게 무슨 말씀이세요? 꽃이라는 것은 나비 떼를 희롱하기 위하여 피어 있는 것입니다. 그러나 저는 온갖 남성을 우롱하기 위하여 몸을 더럽힌 계집은 아닌 줄만 알아주십시오!"

"그러면 자네는 무슨 다른 생각이 있어서 화류계에 몸을 던졌다는 말인가?"

"아닙니다. 그런 것이 아니라, 비록 화류계에 투신한 천한 계집일망정 제가 바라는 바는 따로 있다는 말씀이지요."

"그러니까 말일세. 자네가 바라는 그 무엇을 찾으려 하면 불가불 여러 남성의 완롱물25)도 되어야 하고, 또 여러 남성을 농락도 해 보아야 하지 않겠나."

"물론 저는 여러 남성의 완롱물에 지나지 못합니다. 그러나 저는 그것을 원망하지 않는 동시에, 그중에서 저에게 참으로 동정하는 후원자를 찾으려 합니다."

"그러면 자네가 나를 사랑한다니 내가 자네의 후원자요, 동정자인 줄 믿는 모양일세그려?"

25) 완롱물(玩弄物): 재미로 가지고 노는 물건

"물론 그러하지요."

"옳지, 그러니까 말일세. 만일 나 이상의 동정자와 후원 자를 발견하는 날에는 나는 걷어차 버릴 것이 정해진 이 치가 아닌가?"

"모르겠어요! 왜 사람을 보고 그렇게 비꼬아 말씀을 하 십니까."

하고는 홱 돌아누웠다. 나는 심중에 미안한 생각이 드 는 동시에 나의 입이 가벼웠음을 원망했다. 그러나 한편 으로 나의 의혹은 더욱 깊어졌다. 나는 다시는 이런 말을 하여 N을 괴롭게 하지 않으리라고 결심했다.

"여보게, 달링! 그만두게. 그까짓 말을 했다고 그다지 노할 게야 무엇인가. 무엇보다도 자네가 나를 진심으로 사랑해 준다니, 그것으로써 만족해!"

"그러면 H 씨께서도 저를 진정으로 사랑해 주시겠습니 까?"

하고, N은 그만 살짝 돌이키며 말했다.

"물론이지. 다시 두말할 것 있나."

"아이고, 달링!"

하고 N은 다시 돌아 드러누우며 나의 허리를 꼭 껴안았 다. 영원이라는 것은 찰나와 찰나의 연속이다. 이 찰나의 향락이 지속만 된다 하면, 이것이 곧 영원의 향락이 아니 고 무엇일까! 나는 영원이라는 것보다도 찰나의 만족과 평화를 더 귀하게 생각했다. 과연 이때 나의 감정은 유쾌하고 행복스러웠다. 이와 같은 고귀한 시간이 끊어짐 없이 계속되기를 바라는 것 외에는, 나에게는 그 이상 되는 바람도 없었다.

하룻밤은 또다시 관락[26]과 평화와 유쾌와 행복 중에 지나갔다.

이튿날 아침에 일어났을 때, 나는 펄런을 찾기 위하여 무심히 벼룻집 서랍을 열었다. 아아, 이것이 웬일인가! 그 속에는 사진 한 장이 들어 있었다. 그것은 전에 나와 의형제를 맺고 지내던 죽마고우 Y 군의 사진이다. 나는 하늘을 우러러 크게 놀라지 않을 수 없었다. 그래서 곧 이 사진의 출처를 N에게 물었다. 그러나 N은 의외에 평범하게 대답했다.

"그이는 전부터 찾아오던 양반이에요."

"요새도 오나?"

"네, 가끔 찾아옵니다……. 왜 그러세요?"

"아니, 내가 친하게 아는 사람이니까 말일세……. 그러면 자네와 매우 친한 모양일세그려?"

"친하달 것도 없지요마는 작년부터 뵙기 시작했으니까……."

하고는 말끝을 어름어름해 버리고 말았다. 나는 또다시 한참 동안 생각했다. 만일 내가 이 말을 했다가 그것이 사실이라면 어찌하나? 나는 그만 낙망을 할 것이 아닌가?

26) 관락(觀樂): 보면서 즐김.

그러나 어차피 말이 났던 터이니 분명히 아는 것이 좋다. 이같이 생각한 후에 나는 몹시 주저주저하다가 최후의 일언을 했다.

"달링! 바른대로 말해 주게. 그러면 이 사람과 자네와는 어떠한 관계인가?"

"아무 관계도 없습니다."

하고 대답하는 N의 안색은 적이 붉어졌다.

"아무 관계도?"

하고 나는 다시 되쳐 물었다.

"네!"

"그러면 가끔가끔 찾아올 뿐일세그려?"

"그렇습니다."

나는 적이 안심했다. 그래서 나는 Y와 나의 관계를 다 말하여 N에게 특별한 의미로 주의시켰다. N은 내가 말하는 의미를 충분히 짐작했다. 그러고는 그리하겠다고 대답했다. 그뿐 아니라 N은 Y에게 하등 호의도 갖지 않았다는 말까지도 했다. 나는 심중에 무한히 감사하는 동시에 우리 두 사람 사이에 조그마한 간격이라도 생기지 않기를 진심으로 바랐을 뿐이다.

6

여자란 도무지 신뢰할 것이 못 된다 함은 벌써부터 깨달은 바이다. 더구나 화류계 여자, 말하자면 직업적 매음부와 사랑을 한다 함은, 살얼음을 밟고 강을 건너는 것 같아서 잠시도 안심할 수가 없는 것이다.

나는 1개월이나 지난 후에 N의 책상 서랍 속에서 이상한 편지 한 장을 발견했다. "나의 사랑하는 N이여!"라는 서두 아래에는 "그대의 따뜻한 품에 안겼을 때 내가 얼마나 만족했는지"라는 둥, 또는 "어제저녁에 그대를 찾으러 갔다가 만나지 못하고 섭섭히 돌아온 것이 유감일세. 하루라도 속히 그대를 완전한 나의 소유를 만들기 위하여……" 운운하는 편지 내용을 읽을 때, 나는 눈에서 불이 나는 듯한 원통한 감정과 의심하는 생각으로 그 편지를 끝까지 읽지 못하고 곧 발신인이 누구인지 찾으려고 편지 끝을 보았다. 처음에는 자세히 알지 못했다. 다만 "Y. W"라고만 썼으므로. 그러나 가만히 생각해 보니 "Y. W"라 함은 내가 전에 N에게 주의시켜 두었던, 나의 의동생 되는 자의 이름인 것이 분명했다. 나는 더 생각하고 더 의심할 여지가 없었다. 그리하여 그길로 곧 N의 집에서 뛰어나온 후 집에 돌아와서 N에게 이별장을 써 보냈다. 지금 생각해 보면 그때 내가 취한 행동이 N에게 너무나 가혹했었다. 그러나 그때 나의 심중에는 N이라는 계집은 일개 매음부라고밖에는 생각되지 않았다.

편지를 부친 그 이튿날이었다. 천만의외에 명월관에서 인력거 한 채가 나를 청하러 왔다. 인력거꾼이 가지고 온 명함은 분명한 K의 명함이다. 나는 홧김 분김에 술이나 흠씬 마실 작정으로 그 인력거를 타고 명월관으로 갔다. 의외! 의외라 한들 이런 의외가 어디 있으며 낭패라 한들 이런 낭패가 또 어디 있으랴. 나를 청한 주인공은 K가 아니라 N이었다. 물론 K도 그 자리에 있기는 했지마는. 나중에 사실을 알고 본즉, N은 K를 자기 이름으로 먼저 초청하여 나와 N의 관계를 이야기한 후, K의 양해를 얻어서 그의 명함을 빌려 나를 부른 것이었다.

나는 몹시 주저했다. 법관 앞에 선 죄수 모양으로 처음에는 N은 나를 보고 고개를 들지 못했다. 나도 역시 그를 대할 용기가 없었다. 그러나 K가 자리를 사양하고 바깥으로 나간 후에 N은 눈물을 흘리며 목멘 음성으로 호소하는 듯이 말했다. N의 말에 의하면 Y와는 1년 전부터 육체관계가 있었다 한다. 그러나 그것은 다만 정략상의 교제에 불과하고, 두 사람 사이에는 하등 이해나 정열이 없었다 한다. 그러다가 나에게서 그 같은 주의를 받은 이후로는 Y가 찾아오는 것까지도 절대로 거절했다고 한다. 그 까닭에 Y는 N에게 자신의 치정을 말하는 동시에 전의 관계를 다시 말하여 호소한 것이라고 한다. 딴은 그러할 듯하다. 그 편지를 다시 보면 N의 말이 사실인 것이 분명했다.

이같이 하여 N과 나의 관계가 다시 계속되는 동시에, 해상에 일어났던 폭풍우는 산뜻하게 개는 듯했고, 산언덕 위에는 오색영롱한 무지개가 뻗친 것 같았다. 그러나 나는 이러한 일을 당할 때마다 이 같은 고통을 받게 됨은 오직 N의 처지가 다른 여자들과 달리 특수한 까닭이라고 생각하여 N에 대한 일종의 혐오의 감정을 금할 수 없었다. 그러나 정직하게 말하라면, 나는 그 후부터는 완전히 맹목적이요 추종적으로 N을 사랑했다. 그리하여 나는 N을 볼 적마다 이같이 말했다. 나는 네가 아니고는 하루라도 살 수 없다고. 이런 말을 들을 때마다 N이 뜨거운 감사의 눈물을 흘리는 모습을 나는 여러 번이나 목도했다.

7

호사다마라는 속언도 허튼 말이 아니다. N과 나의 관계가 깊어 갈수록 그 중간에 일어나는 파란은 더욱 맹렬했다. 그러나 또 한 가지 속일 수 없는 사실은 파란을 겪을수록 우리 애정은 더욱더욱 깊어 간 것이다.

어떤 날 나는 작은 N(N의 동료 중 N과 제일 가깝고 친하게 지내던 몸집이 작은 여자)을 찾아갔다가 불의의 사변이 생겼음을 알았다. 나는 그 전날 밤에 N과 함께 해동

관에서 놀고, N을 돌려보낸 후에 곧 그 뒤를 따라서 그의 집에 갔었다. 그러나 의당 자기 집에 가 있으리라고 생각했던 N이 그때까지 들어오지 않았다는 말을 듣고, 나는 주인 없는 방에 들어가서 한 시간 이상이나 N이 돌아오기를 기다렸다. 그러나 N은 돌아오지 않았다. 나는 기다리다 못하여 그대로 돌아왔다. 일종의 불만과 의혹을 품고서.

　불의의 사변이라 함은 곧 그날 밤에 내가 돌아온 후에 N의 집에서 일어난 풍파를 말함이다. N은 내가 갔을 때 자기 집에 있었더란다. 그러나 N이 자기 집에 들어가 보니, 수원 사는 부자의 아들(이름은 기억하지 못하지마는)이 초저녁부터 N을 기다리고 있었더란다. 그는 전에 N에게서 자고 간 일이 있었는데, 그 후에 100여 금이라는 다액의 돈과 시량27)까지 보냈더란다. 이렇게 그는 N의 마음—그보다도 N의 모친의 마음—을 사려고 했단다. 그는 성공했다. 비록 N의 마음은 사지 못했을지언정 N의 모친의 눈에는 꼭 들었단다. 그런 터에 이날 밤에 또다시 시량을 가지고 찾아왔으므로 N의 모친은 없는 성의를 더하여 환대하였단다. 급기야 N이 자기 집에 돌아가 보니 천만의외에 금수 같은 이자가 자기를 기다리고 있으므로 N은 눈이 뒤집힐 듯이 분하고 더러운 생각이 나서 자기 방에는 들어가 보지도 않고 곧 아랫방으로 뛰어 들어가서 통곡을 하고 있었더란다. 바로 이때다. 내가 들어갔던 때는. N은

27) 시량(柴糧): 땔나무와 먹을 양식을 아울러 이르는 말

물론 미리 짐작을 했었지마는, 이것저것 모르는 N의 모친은 뜻밖에 문 흔드는 소리를 듣고 겁결에 뛰어나오기는 했지마는 자기 집에 찾아온 사람이 누구인지 몰라서 (아마 경관인 줄 알았던 모양이다.) 수원 손님을 부엌에 숨기고야 비로소 문을 열었더란다. 그러나 나는 물론 이러한 사실을 몰랐다. 그러므로 정직하게 한 시간 동안이나 N이 돌아오기를 기다린 것이다. 그러나 사건은 이것만으로 해결되지는 않았다.

내가 그대로 돌아간 줄을 안 N은 당장에 광견과 같이 뛰어나와서 수원 손님의 머리채를 붙잡고

"이놈아, 이 더러운 놈아! 무엇을 찾으려 우리 집에 또 왔니? 아무리 황금의 세력이 크다 하더라도, 몇 푼 돈이나 몇 말 쌀에 팔려서 너의 금수 같은 욕심을 채워 줄 내가 아니다! 자, 어서 가거라. 못 가겠니? 너 죽고 나 죽는 꼴을 보고야 일어서겠니?"

"여보게 XX이. 이게 무슨 주정인가!"

"주정? 내가 술 취한 줄 아는구나! 이놈아, 어서 가거라. 못 가겠니? 그러면 내 손에 너도 죽고 나도 죽어 버리자!"

하고, N은 부엌으로 뛰어 들어가서 식칼을 들고 뛰어나왔더란다. 이런 일을 당한 수원 손님은 청천벽력을 만난 듯이 겁결에 뛰어 달아났더란다. 일이 이같이 되고 보니, N의 모친이 어찌 잠자코 있었으랴? 나와 수원 놈을 비교해 보면 나는 금전과는 담을 쌓은 사람, 그러나 수원 놈은

그 집안을 먹여 살릴 만한 자본가! N의 모친은 이때껏 불공드린 것이 수포가 되어 버리자 자기 딸의 무지함을 질책하는 동시에, 모녀간의 분쟁은 성대한 불꽃같이 붙어 올랐다. N은 참다못하여 자기 모친의 앞에 엎드려 통곡해 부르짖었다.

"아무리 눈에 똥만 뵈는 개돼지라도 자기 자식 사랑할 줄은 다 아는 것이다. 제 자식을 원수의 손에 몇 푼 돈을 탐하여 팔아먹으려는 금수 같은 행위가 어디 있다는 말인가! 나는 오늘로써 나의 운명을 결단할 터이니, 남아 있는 너희들은 끝끝내 잘살아라!"

이같이 슬피 부르짖은 후 부엌으로 뛰어 들어가서 부뚜막 위에 놓인 양잿물 그릇을 집어 들고 정신없이 들이마셨더란다. 아아, 이 말을 들을 때 나는 과연 얼마나 놀랐을지! 그러나 그 그릇에는 천행으로 양잿물이 남아 있지 않았더란다. 이리하여 가련한 소녀의 한 생명은 겨우 구조되었단다.

여기까지 말한 후에 작은 N은 다시 어조를 고쳐 가지고 은근하고 간절하게 말했다.

"여보, H 씨! 그러니까 지금부터는 N을 더욱 사랑해 주십시오. 만일 그릇에 양잿물 찌꺼기라도 남아 있었던들 N의 일생은 H 씨와의 사랑을 위하여 죽어 버렸을 것이 아닙니까? 비록 육체는 살아 있다 할지라도 N의 정신은 온전히 H 씨에게 바친 것입니다. 그러니까 전보다도 더욱 동정하시고 사랑해 주십시오!"

"오, 오냐. 염려 마라! 나도 피가 있고 눈물이 있는 동물이다! 나를 위하여, 나의 사랑을 위하여 자신을 희생한 자가 있다 하면 나인들 어찌 감동 됨이 없으랴."

하고, 나는 실로 감격하여 말했다. 그리고 나는 작은 N을 보고 물었다.

"그래, N은 지금 어떻게 있나?"

"아까 제가 보고 왔습니다마는 꼭 실성한 사람 같았어요. 그래도 나를 보더니 반기는 낯으로, H 씨를 보더라도 이러한 말은 말라고 했어요."

N의 심중은 다 알 수가 있었다. 나는 한없이 기꺼운 동시에 한없이 슬펐다. 이 세상에 이와 같이 선량하고 순진한 여성이 있으리라고는 상상치도 못하던 바이다. 나는 곧 그를 위문하기 위하여 N의 집으로 가려고 했다. 그러나 작은 N은 극력으로 반대했다.

"아직 찾아가시지는 마십시오. N에게도 좋지 못하고, 더구나 N의 모친이 H 씨를 보면 대단히 싫어할 것입니다."

"N의 모친이 나를 미워함은 오늘부터가 아닐세. 자네도 알다시피 기생 어미의 눈에 들려면 금전이 제일일세. 무엇에든지 다 그러하지마는 더욱이 화류계라는 곳은 금전만능의 세계가 아닌가?"

"그렇지요마는 지금 N을 찾아가시면 도리어 N의 마음을 괴롭게 하실 따름입니다."

"글쎄……. 그러면 다시 기회를 보아서 하지……."

이같이 하고 나는 그 집에서 나왔다. N이 나를 얼마나 사랑하는지는 모르지마는 하여간 그가 나를 대할 때는 금전 외의 그 무엇을 바람은 분명히 알 수 있었다. 나는 N을 찾아가 볼까, 혹은 편지를 할까 하고 여러 가지로 고심했지마는 필경은 찾아가지도 않고, 편지도 하지 않았다. 이 사변이 생겼다는 말을 들은 후로는 나는 N의 모친을 대하기를 몹시 꺼렸다. 그러나 어느 날—이 사건이 발생한 후로는 첫 번으로— 나는 N의 집에서 N의 모친을 만났다. 나는 그의 태도에 몹시 주의했다. 그러나 전과 다른 점은 별로 없어서 나는 적이 안심했다.

8

치과의원에는 여전히 우리 동무들의 회합이 매일 계속되었다. 그러나 에스페란토 강좌는 유야무야로 폐지되었다. 그 까닭은 선생이 다른 사고로 인하여 출석하지 못하게 된 것도 원인의 하나이지마는 그보다도 우리들의 열성이 부족한 것이 가장 중대한 원인이었다. 그러나 우리는 이것을 조금도 애석히 생각하지는 않았다. 그보다도 더 흥미 있는 일이 많이 있었던 까닭이다.

우리는 매일 밤 회합하여 한두 시간을 한담으로 허송한 후에는 늘 하던 대로 그 의원에서 나왔다. 그다음 가는 곳은 일정했다. 당구장 아니면 서점이다. 먼저 서점에 가서 신간 서적이나 잡지를 모조리 뒤적거려 보다가, 싫증이 나면 당구장으로 갔다. 그러나 흔히는 당구장으로 직행했다. 나는 실로 당구광이었다. 전년에 내가 모 전문학교에 다닐 때는 학과 시간을 빼놓고 알을 굴리러 다닌 적도 많았다. 중간에 1년 동안은 어떤 사정으로 인하여 중지했었으나 내가 치과의원에 놀러 가기 시작한 후부터 또다시 당구에 열심이었다. 그때 나의 일과는 이러했다. 아침 9시에 일어나서 조반을 먹고 나서는 무슨 원고든지 두 시간 동안을 쓰고, 바이올린을 조금 연습한 후에 점심을 먹고 나서는 아무 볼일 없이 길거리를 돌아다니거나, 그렇지 않으면 나의 친우의 사무소(그때 나의 친우 K 군은 출판업을 했다.)에 가서 놀았다. 저녁밥은 흔히 사 먹었다. 그러고는 치과의원으로 가서, 거기서 다시 당구장으로 갔다. 물론 이것이 정규적으로 계속되지는 않았지마는 대체로 이러했다.

나는 N과 친해진 후로는 잠시라도 그의 곁을 떠나기가 싫었다. 그러나 나의 사정은 그것을 허락지 않았다. 그뿐 아니라 가끔가끔 요리점에서 만나 보는 것도 경제 상태가 허락지 않았다. 이러한 까닭으로 나는 N을 알기 전이나 안 후나 일신상에는 별로 변한 것이 없었다. 마음은 물론 변했지마는…….

해는 바뀌었다. 내가 N을 안지도 벌써 4개월이 지났다. 음력으로 정월 초삼일 밤, 쌓인 눈은 세찬 바람에 날려서 쌀쌀한 기운이 몸을 에는 듯하고, 높고 찬 하늘에는 삼일 월[28]이 약하게 달린 추운 밤이었다. 어느 단체의 주최로 종로청년회관에서 신춘음악회가 열렸다. 나는 그 음악회에서 바이올린 독주를 해 주기로 약속했다. 나에게 초대권 두 장이 왔다. 그래서 그것을 곧 N에게 보냈다. 물론 기생에게 주라고 보내지는 않았겠지마는. N은 이것을 받은 후 기꺼이 그날이 돌아오기를 고대하며 자기의 친우 작은 N과 함께 음악회 자리에 참석했다. 나는 나의 애인—특별히 예술을 사랑해 주는—이 온 것을 보고 용기가 백배 되었다. 이 덕택인지 모르나 여하간 나의 연주는 예상 이상으로 성공을 하여 청중의 박수갈채는 재청, 삼청에까지 이르렀다.

음악회가 끝난 후에는 2, 3명의 동무와 함께 명월관으로 갔다. 물론 N도 그 자리에 불러 왔다. N은 그날 밤 음악회에서 얻은 감상이라고 두세 마디 되지 않는 말을 했다. 나는 그 말을 들을 때, 그가 예술을 감상하는 힘이 있고 없음을 생각하기보다도 그의 성의에 진심으로 감사했다. 다시 더 말할 것도 없이 N의 말 한 마디 행동 하나가

28) 삼일월(三日月): 음력 초사흗날의 달

모두 내 마음에 꼭 들어맞았다. 나에게는 실로 다시없을 후원자였다. 나는 그의 사랑의 힘을 의지하여 나의 예술을 대성하겠다고 생각했다. 그는 어렸을 때 소학교를 마쳤을 따름이요, 다른 공부를 한 일이 없으므로 상식으로 말하면 물론 유치한 점이 많았다. 그러나 그의 사상은 결코 소학교 졸업생이나 중학교 졸업생과 동일시할 것이 아니었고, 또 그의 순진한 열정으로 말하면 보통 화류계 여자로 간주하기에는 너무나 애석하였다. 이 같은 찬사는 결코 내가 그 여자에게 마음을 빼앗긴 까닭이 아니요, 그 당시에 나의 동무들도 한결같이 시인하던 바이다.

N은 나에게 이 같은 말을 했다. 음악회에 나가 연주하려면 상당한 기술과 장구한 연습이 필요하겠다고. 물론 나도 그 말에 동감했다. 그와 동시에 나는 나의 태도를 반성해 보았다. 그때 나는 자괴감을 금치 못했다. '함부로'라는 말과 '되는대로'라는 말이 나의 과거를 말하는 유일한 형용사임을 깨달았을 때, 나는 N의 낯을 대하기가 심히 부끄러웠다. 그리하여 나는 심중으로 또다시 N의 성의에 감사한 이후부터는 결코 예술적 양심에 부끄러운 일은 안 하겠다고 결심했다.

그 후부터 나는 음악회에 출연해 달라는 요청을 받을 때마다 단호히 거절했다. 그리고 전심전력으로 기술을 연마하여 1년이나 혹은 2년 후에라도 나의 열정과 기교를 다한 개인 독주회를 공개하기 위해 준비했다. 그러나 나의 마음은 너무나 약했다. 모처럼 결심했던 나의 원대한 바람도 오래지 않아 수포로 돌아가고 말게 되었다.

나는 엄한 부형을 모시는 처지였다. 나의 큰형은 나의 이상을 다소간 양해해 주지마는 나의 부친으로 말하면 나의 주의와는 아주 정반대였다. 내가 특별한 직업이 없이 빈둥대며 시간을 보내는 것을 본 부친은 하루라도 속히 일거리를 손에 잡으라고 엄명했다. 부친의 명령이라 거역할 수 없는 것인즉 나에게는 이것처럼 큰 고통은 또다시 없었다. 나는 한 번 고하고 두 번 다시 간하여 그의 양해를 얻으려고 무한히 애썼지마는 그것은 아무 효과도 이루지 못했다. 나는 실망하고 낙담한 끝에 얼마 동안은 광인같이 떠돌아다녔다. 바이올린은 손에서 놓은 지가 이미 오래였다. 나의 새로운 직업은 술을 마시는 것밖에는 없었다. 그리하여 나는 매일 밤낮으로 취해 꿈속에서 배회했다. 이러한 눈치를 챈 나의 애인은 백방으로 나의 마음을 위안했다. 그가 내 옆에 있고, 내가 그의 옆에 있을 때는 사실상 나는 행복했고 평화로웠다. 그러나 이것은 구년지수[29]에 햇빛 얻기보다도 희소한 일이었다. 그러므로 N의 노력도 그 효과가 그다지 크지는 못하여 나는 점점 타락의 깊은 구렁텅이로 빠져들어 갔다.

부친의 엄명도 역시 일시적인 것에 지나지 않았다. 그

---

29) 구년지수(九年之水): 오랫동안 계속되는 큰 홍수. 중국 요나라 때 9년 동안이나 계속되었다는 큰 홍수에서 유래한 말

후에는 또다시 별다른 말은 듣지 못했다. 그러므로 나도 역시 차차 안심을 하고 지나가게 되었다. 그러나 조만간 나의 머리 위에 철퇴가 내리리라고 생각을 하매 불만과 불평은 극도에 달하여 이 세상을 비관하고, 사회를 원망하는 마음은 내 머릿속에서 떠나지 않았다.

그때부터 나는 부친 앞에 가까이 가기를 꺼렸다. 또 만일 가까이하지 않으면 안 될 때가 있을지라도 나는 교묘하게 부친의 입을 막아 버렸다. 그러나 이것이 결코 영구한 안전책이라고는 할 수 없었다. 천행으로 내가 미국으로 건너가던 때까지 부친이 나에게 아무 말도 하지 않은 것을 오히려 이상스럽게 생각할 뿐이다.

9

온갖 회의와 불안과 번뇌와 희구와 행복과 고통은 필름과 같이 나의 머릿속에 돌아다녔다. 나의 품 안에 N이 안겨 있는 그때 외에는 의혹과 번뇌가 잠시도 떠나지 않았다. 말하자면 나는 의혹의 세계에서 의혹의 세계로 방황하고 지냈다. 한 가지 의혹이 풀리면 또 한 가지 새로운 의혹이 나의 뇌리를 엄습했다. 그러나 이러한 변화가 있을 때마다 N에 대한 나의 애착심은 점차로 강대해졌다.

어떤 날 나는 N과 상의할 일이 있어서 밤 9시경에 그를 찾아갔다. 이 말 저 말 하는 동안에 밤은 깊어서 자정이 지났다. 나는 돌아가려 하였으나 N은 굳이 나를 만류했다. 그래서 나는 N과 함께 다디단 하룻밤을 다시 지내게 되었다. 이윽고 자리 속에 누울 때 N은 만족한 얼굴에 미소를 띠면서

"혼토니 히사시부리데스네[30]!"

하고 일본말로 말했다. 이 말을 들을 때 나의 가슴은 약동했다. '오래간만'이라고 하는 말에는 '그동안에 얼마나 보고 싶었는지요'라는 의미를 포함했음이 분명했다. N이 나를 이와 같이 보고 싶어 했음을 생각하면 나는 만족하다기보다도 차라리 뜨거운 감사의 눈물을 흘리지 않을 수 없었다.

나는 지금까지 기억한다마는 이날 밤처럼 유쾌하고 행복스러운 때는 전무후무했다. 나는 몹시 흥분되고 N도 또한 극도로 흥분되어, 서로 얼싸안는 가슴과 가슴이 깨지라는 듯이 바싹 껴안아 보기도 하고, 입술과 입술이 맞붙으라는 듯이 힘껏 입술을 맞추기도 했다. 육체의 포옹은 더할 수 없는 힘이 있는 것이다. 어떠한 회의와 심연도 이 순간에는 눈 녹듯이 풀려 버렸다. 나는 견디다 못하여 말했다.

30) 혼토니 히사시부리데스네(本当に 久しぶりですね): 일본어로 '정말 오래간만이네요'라는 뜻

"달링! 우리에게 이러한 아름다운 사랑을 주신 하나님께 우리는 감사하지 않을 수 없네! 우리의 생명이 계속되는 날까지는 이 하늘이 내려 주신 아름다운 물건을 잘 보존하세. 무엇이 이보다 더 귀하며, 무엇이 이보다 아름답겠나. 온갖 추악한 것을 미화하는 데는 오직 사랑이 있을 뿐이 아닌가. 사랑, 사랑! 인생의 진리는 사랑의 원천 안에서 흐르네!"

"그러면 우리의 사랑은 우리의 진리일까요?"

아아, 이 얼마나 솔직하고 순진하고 사심 없는 말인가! 나는 흐르는 눈물과 함께 감격한 어조로 대답했다.

"옳은 말일세. 이것이 인생의 진리인 동시에 우리의 진리일세. 만일 우리의 사랑이 허위의 것이라면 우리의 인생도 역시 허위일세."

"그러면 우리는 진리의 생활을 합니다그려!"

"허위만 없으면 물론 진리의 생활일 것이지."

N은 나의 허리를 꼭 껴안으며 내 가슴에 자기의 머리를 폭 파묻었다. 이때 N의 마음은 선녀의 흰옷보다도 결백했음을 나는 깨달았다. 만일 후에 이 사랑이 식는 날이 있을지라도 적어도 이 순간 N의 마음은 순진 이상으로 순진했고, 결백 이상으로 결백했음을 나는 믿는다. 나는 전신이 녹는 것 같아서 정신을 잃은 사람같이 되어 버렸다. "감사한다!"는 말 외에는 다시 할 말이 없었다.

"여보게, 달링! 이만하면 자네도 나의 진심을 알았을 것이요, 나 또한 자네의 마음을 알았네. 지금까지는 우리가 어떻게 지내 왔든지 간에 지금부터는 서로 나뉘려 해도 나뉠 수 없는 지경이 이르렀네. 자네와 내가 나뉘는 날은 곧 우리의 생명이 끝나는 날이요, 우리 사랑이 식는 그날은 곧 우리의 혈관이 식는 날일세. 그러나 한 가지 유감으로 생각하는 것은 자네나 나나 모두 아직 자유로운 몸이 못 되네. 내가 나 자신을 자유롭게 하지 못하는 이때에, 자네의 몸을 해방시킬 능력 또한 없은즉, 이것이 오직 남은 한일세. 그러니 우리는 함께 자유를 위하여 용왕매진하는[31] 터인즉, 오래지 않아 이 전쟁은 끝나고 자유 개선할 날이 머지않은 것을 나는 확신하네. 우리에게 자유가 없는 동안에는 우리 사랑도 역시 포로와 같은 것이요, 노예와 같은 것일 것일세. 나는 내 자신의 해방을 위하여, 아니 그대와의 사랑을 자유롭게 하기 위하여 분투, 노력할 것이니. 이것이 1년을 계속하거나 또는 10년을 계속하거나 자네는 응원하고 힘을 보태 주게. 승리는 최후의 5분에 있다고 한 나폴레옹의 말도 있지마는 우리의 개선은 지금부터에 있네. 오늘의 고통은 내일의 쾌락이 될 것을 확실히 믿고 인내해 주게."

N은 아무 말도 없었다. 나는 오히려 말을 계속했다.

"나의 예술의 어린싹은 그대의 따뜻한 사랑 속에서 자라나서 잎 나고 꽃피게 될 때까지 사나운 바람과 궂은비

---

31) 용왕매진(勇往邁進)하다: 거리낌 없이 용감하고 씩씩하게 나아가다.

에 휩쓸려서 어린 그 싹이 몇 번이나 꺾일는지 모를 것일 세. 그러나 그대의 사랑이 아침 해의 광휘와 같이 찬란하 게 비칠 때는 밤사이에 얼고 시들었던 어린싹은 반기는 낮 으로 고개를 들고 일어날 것일세. 여보게, 달링! 자네는 뜰 앞에 선 향일초(向日草)를 보게! 해가 지고 바람이 찰 때 는 물 위의 부초와 같이 이리저리 불려 다니듯 머리 둘 곳 을 알지 못하고 수그러지지 않나? 그러나 아침 해가 떠오 르기 시작하매 수그러진 고개는 용수철과 같이 벌떡 일어 서고, 찌푸려진 꽃잎은 웃는 낮으로 방싯방싯 벌어지네. 동쪽 하늘에 솟은 해가 서산에 기울어지도록 그는 괴로운 줄도 모르고 그 빛을 받기 위하여 해만 바라보고 쫓아가 네. 이리하여 그 꽃은 활짝 피고 그 잎은 자라나서 한 달, 두 달 고생한 끝에 수없는 여문 열매를 맺는 것일세. 우리 는 무심히 이 꽃을 볼 때는 이런 줄 모르지마는 만일 우리 가 향일초가 되었다고 해 보세. 고대하던 아침 해는 간 곳 이 없고, 음험하고 어슴푸레한 하늘에서 찬 빗방울이 쏟 아질 때, 우리의 낙망은 과연 얼마나 하겠나? 고개는 점점 수그러지고, 전신은 동요되기 시작하여 나중에는 뿌리까 지 흔들리고 말 것일세. 참으로 참혹한 현상이 아닌가!"

　여기까지 말하는 동안에 N은 나의 품 안에서 흑흑 흐느 껴 울었다. 나는 너무 흥분하고 감격하여 N과 함께 눈물 을 흘렸다. 이윽고 N은 고개를 돌이켜서 나를 쳐다보더니 울음 반 섞인 음성으로 말했다.

"저는 죽어도 원한이 없습니다. 차라리 지금 죽는 것이 저에게는 제일 행복이올시다. 아아, 그러나."

여기까지 말하고는 끝을 마치지 못하고 또다시 흐느꼈다. N은 자기 신세를 생각하고 이같이 슬퍼한다. 두 사람은 심안(心眼)으로 눈물을 흘렸다.

10

그 이튿날 아침에 잠을 깨었을 때, 나는 N의 눈이 퉁퉁 부은 것을 보았다. N은—N뿐 아니라 나까지도—센티멘털한 감정에 싸여서 까닭 없이 몹시 슬펐다. 나는 차마 N과 헤어질 수는 없었다. 잠시라도 그의 곁에 더 머물러서 그를 위안해 주고 싶었다. 그리하여 우리는 아침밥을 먹은 후 바람을 쐬러 나갔다. 어디로 갈까? 이것이 제일 선결할 문제다. 산으로? 혹은 바다로?

나는 N과 상의한 후 인천 해안으로 가기로 했다. 이날 N은 트레머리[32]에 검은 치마를 입고 굽 높은 구두를 신었다. 한번 보매 여학생과 흡사했다. 우리는 느린 걸음으로 남대문 밖을 나섰다. 경성역에 이르렀을 때는 오후 2시가 조금 지났다. 30분가량을 기다려서 인천행 2등 열차에

32) 트레머리: 가르마를 타지 않고 뒤통수 한복판에다 틀어 붙인 여자 머리 모양

몸을 실었다. 나는 그때 신혼여행하는 부부를 연상했다. 승객이 전후좌우에 빽빽이 앉아 있어서 나는 별로 이야기도 하지 않았다. 한 시간이 지난 후에 기차는 인천역에 다다랐다. 우리는 하차한 후 즉시 인력거를 타고 해안으로 향했다.

이날은 날이 조금 선선했다. 더구나 해안에는 해풍이 심하여 거기서 오랫동안 머무를 수는 없었다. 이윽고 우리는 발길을 돌려 인천 친구 R을 찾아가기로 했다. 보트를 타고 월미도로 건너가 볼 생각은 간절했지마는 몸은 떨리고 바람은 강하여 도저히 할 수가 없었다. R이 대접한 따뜻한 차를 마시고 앨범을 뒤적거리다가 저녁때에 R과 함께 우리 3명은 그 근처 어떤 요리점에 가서 저녁밥을 먹기로 했다. 그때 나의 심중에는 이 같은 생각이 떠올랐다. 할 수만 있으면 인천항에서 배를 타고 상해 혹은 일본으로 건너가서 생명이 지속되는 날까지 애인과 함께 표박[33] 생활을 했으면, 하고. 그러나 그것은 연목구어[34] 이상의 '임파서블'이었다.

R 군과 나는 죽마고우다. 그뿐 아니라 N과도 전부터 가까이 알았었다. 그 까닭에 R은 우리의 태도에 찬성은 안 했을망정 반대할 생각은 갖지 않았다. (우리의 속사정을

33) 표박(漂迫): 풍랑을 만난 배가 물 위에 정처 없이 떠돎.
34) 연목구어(緣木求魚): 나무에 올라 물고기를 구하려 한다는 뜻으로, 도저히 불가능한 일을 굳이 하려 함을 비유한 말

• 월미도

깊이 알았으면 물론 동감했었겠지마는.) 순 조선식 만찬이 우리 앞에 나왔다. 음식 맛까지도 유심히 아름다웠음을 나는 기억한다. 두세 시간의 느긋한 '디너'를 만족스럽게 마쳤다. 우리는 일어서서 곧 인천역으로 향했다. R 군도 쫓아왔다.

R 군의 도타운 전별을 받고 우리 두 사람은 찻간에 몸을 실었다. 열차는 경인선의 막차인 데다 최대 완행이었다. 승객이라고는 우리 두 사람 외에 상인 같은 일본인 하나가 있을 뿐이었다. 그러나 일본인은 차에 오르자마자 곧 코를 몹시 골았다. 그러므로 2등실 안은 우리의 독점이 되어 버렸다. N과 나는 잠시 동안 R 군의 이야기를 하다가, 나는 얼핏 화제를 고쳐서 활동사진[35] 이야기를 꺼냈다. 이것은 실로 만족스러운 수단이 되어서, N은 무한한 흥미를 보이며 나의 이야기를 경청했다.

차바퀴의 구름이 빠름을 원망하기는 했지마는 원래 최대 완행이라, 이때껏 온 곳이 부평역이었음에는 놀라지 않을 수 없었다. 아직도 삼분의 이 이상이 남아 있다. 시간으로도 80분 이상이나. N은 어젯밤부터 쌓인 심신의 피로로 인하여 나의 무릎을 베개 삼아 드러눕더니 그만 잠이 들어 버렸다. 오오, 평화의 여신이 달콤한 꿈속세계에 들었도다!

나는 N을 나의 무릎 위에 뉘었을 때 한없는 만족과 환

35) 활동사진(活動寫眞): '영화'의 옛 용어

희를 깨달았다. N이 나의 무릎 위에서 이같이 안온하게 잠들었음은 그가 나를 이만치 신뢰하는 까닭이라고 생각하지 않을 수 없었다. 사실상 그러했다. 그가 내 무릎 위에서 잠을 자는 동안에는 그의 잠든 얼굴에 평화와 만족의 빛이 나타난 것을 보더라도 족히 그 마음을 알 수가 있었다. 나는 꿈속에 잠든 N의 얼굴을 물끄러미 들여다보았다. 바로 소녀를 수호하는 신과 같이.

이윽고 열차는 용산역에 다다랐다. 나는 우리가 하차할 시각이 얼마 남지 않은 줄을 알고 애석하지만 어찌할 수 없이 N을 일으켰다. N은 게슴츠레한 눈을 뜨더니 얼굴에는 장미 같은 미소를 띠면서

"어디에요? 벌써 다 왔나요?"

"아니, 이제 용산 왔어. 아직도 15분이나 남았지."

N은 의복을 고쳐 입고 앉으면서

"나는 지금 이상한 꿈을 꾸었습니다. 이야기할까요?"

"무슨 꿈을?"

"저, 내가 천당을 갔다나요. 그래서 천당이라고 올라가 보니까 좌우에는 찬란한 군복을 입은 병정들이 서 있고 그 끝에는 높은 제단 같은 것이 있는데, 그 위에 천사장이라는 백발노인이 전신에 금색 옷을 두르고 앉았어요. 그런데 문을 지키는 병정이 나를 보더니 곧 천사장 앞으로 인도를 해요."

"그래서?"

"그럴 때 좌우에 섰던 병정들이 칼을 내밀며 나를 막았어요. 그러고는 네 성명이 무엇이냐는 둥, 어디서 무엇을 하고 왔느냐는 둥 별별 말을 다 묻더니 그중에 대장 같은 사람이 나오더니, 너는 아직 천당에 들어올 때가 못 되었으니 좀 더 기다리라고 해요. 그때 천사장은 껄껄 웃으며, 너의 의복이 너무 찬란하니 다른 옷을 바꿔 입고 오라고 말을 하지 않겠어요. 그래서 내 의복을 살펴보니까 아아, 이것이 웬일이요? 전신에는 금은주옥이 더덕더덕 매달려 있고, 내가 신은 신발은 금으로 된 신발 아니겠어요. 그래서 나는 그 옷을 벗으니까 그 속에 입은 옷은……. 아아, 말씀드리기 부끄럽습니다."

"어떻더란 말인가? 그 속옷이."

"냄새나고 더러운……. 분변36)투성이에요……. 참 이상한 꿈이지요?"

하고, N은 깔깔 웃었다.

"그래, 천당에는 들어갔던가?"

"웬걸요. 그 꼴을 보더니 천사장은 다시 네 옷에 묻은 오물을 다 씻고 오라고 해요. 그래서 나는 어찌할 줄을 모르고 주저하고 있을 때, 어디서인지 맑고 또렷한 나팔 소리가 들리더니 천당 문이 닫혀 버리겠지요. 그때예요. 바로 당신이 나를 깨우실 때가."

36) 분변(糞便): 사람이나 동물이 먹은 음식물을 소화하여 항문으로 내보내는 찌꺼기

나는 한참 동안 생각해 보았다. 비록 꿈이라 하더라도 이상하기는 하다. 이것이 사실이라 할진대, 필경 천신이 N의 꿈에 나타나 그의 신비한 행동으로 N에게 무슨 암시를 보여 준 것이라고 생각했다.

나는 다시 생각해 보았다. 옷이 너무 찬란하다고 거절하고, 또 너무 더럽다고 내쫓더라는 말을 들으매 이것이 한낱 무의미한 꿈이 아니요, 반드시 무슨 의미와 암시를 가진 순진한 양심의 부르짖음이라고.

"여보게, 그만한 해몽을 못 한다는 말인가? 천당이란 성현의 자리일세그려. 그러니까 성결한 마음의 소유자가 아니고는 들어가지 못하는 것이지. 자네보고 아직 천당에 들어올 때가 못 되었다고 하더라지? 그것은 우리의 근성, 죄악의 뿌리가 아직 남아 있다는 말이지. 그리고 천사장의 말이 자네 의복이 너무 찬란하다고? 물론 그러할 것이 아니겠나? 심중은 새카맣고 외피만 화려하게 차림은 아직까지 세상의 영화에 눈이 어두운 사람이라는 말일세."

"그러면 찬란한 겉옷을 벗으면 더러운 내의가 드러나지 않습니까?"

하고 N은 깔깔 웃었다.

"물론이지. 그러니까 찬란한 겉옷을 벗은 다음에는 더러운 내의를 깨끗하게 씻어야 하지. 세상의 영화와 인연을 끊는다더라도 자기의 속마음을 선량히 가지지 않으면 무슨 소용이 있나. 우리 마음속에는 언제든지 죄악의 뿌

• 경성역
• 용산역

리가 박혀 있는 것일세. 이것을 맑고 깨끗하게 씻어 버리지 않고는 성결한 마음은 얻을 수가 없는 것일세. 내 생각 같아서는, 이 꿈은 우리를 위하여 신이 가르쳐 주신 큰 암시인 줄 아네. 우리는 첫째로 허위와 걸치레를 버리고 그 다음에는 전심전력으로 진선진미하여[37] 우리의 사랑을 천국의 제물로 바치기에 조금도 부끄러움이 없게 하라는 것인 줄 아네."

"글쎄요. 참 그러할 듯해요. 하나님께서도 우리의 사랑을 성결하게 하시려는 게지요?"

"물론이지. 우리의 사랑은 천국의 기록에 영원히 새겨 있을 것일세."

이같이 이야기하는 동안에 기차는 경성역에 도착했다. 우리는 곧 인력거를 타고 N의 집으로 갔다. 그러나 이날 밤에는 나는 N의 집에서 자지 않고 이내 돌아왔다.

11

인천 갔다 오는 동안에 얻은바 인상은 결코 적지 않았다. 그 후부터 나는 심중에 별다른 생각을 하게 되었다. 그 전

---

37) 진선진미(盡善盡美)하다: 더할 나위 없이 훌륭하고 아름답다. 완전무결한 일을 이른다.

까지는 하루라도 N을 만나지 못하면 보고 싶은 마음이 간절하였고, 또 그동안에 무슨 변화나 생기지 않았을까 하는 의심이 끊임없이 일어났지마는 이때부터는 비록 1개월이나 1년 동안 서로 만나지 못한다더라도 N과 나는 영원히 떨어질 수 없고, 영원불변하리라는 신념이 깊어졌다. 이 큰 신념은 나로 하여금 만족한 생활을 하게 하기에 족했다. 그리하여 나는 일주일에 한 번 이상은 결코 N을 찾아가지 않았다. 그것도 또한 흔히 낮에 찾아갔다. N의 마음이 변치 않는 이상에는 나는 그와 육체관계를 맺고 못 맺음이 하등 상관없었다. 오직 나는 그의 마음만을 특별히 더 사랑했다.

2개월이 지난 후다. 나는 친우 R에게 이러한 말을 들었다. N에게 새로이 정부(情夫)가 생겼는데, 그것은 금전상이나 이해상의 관계가 아니라 오로지 애정상의 관계라는 말을. 파멸이다! 두 번 다시 없을 대파멸이다! 나는 모처럼 새로운 신념을 얻은 동시에 그보다 더 크고 강한 의혹을 깨달았다. N이 금전상이나 정략상의 이해관계 때문에 표면적인 정부를 만드는 것은 비록 내가 묵인할 수 있다 할지라도 (그것도 물론 나의 마음에 고통이 되지마는) 금전이나 이해에는 하등 관계가 없이 오로지 애정상의 애인을 만들었다는 것은 용인할 수 없는 큰 문제다.

그 말을 들을 때, 나는 오히려 나의 귀를 의심했다. 혹시 R의 곡해가 아닐까 하고 생각해 보았다. 그러나 그것은 제2의 문제고, '만일 그것이 사실이라면 어찌할까?' 하고 나는 번뇌했다. 사실이 그러하다면 N과 나 두 사람 중 한 사람은 죽고야 말 것이다. 비록 육체는 살아 있다 할지라도 적어도 정신만은 연적의 손에 희생이 되리라고 생각했다.

나는 곧 N의 집으로 달려가려 했다. 그러나 다시 생각해 보니 그 같은 더러운 계집에게 구차스럽게 머리를 수 그리고 들어가는 것이 싫어서 나는 곧 방향을 고쳐서 태서관이라는 서양 요릿집으로 간 후 N을 불렀다. N을 부른 후에 나는 이같이 생각했다. 그의 말과 행동을 살펴보면 대강 짐작은 가리라고.

그러나 N의 행동에는 조금도 다른 점이 보이지 않았다. 그보다도 N은 의외에 내가 너무 냉담함을 보고 도리어 놀란 모양이었다. 나의 의혹은 더욱더욱 커질 뿐이었다. 백척 우물 깊이는 헤아릴 수가 있어도 한 마디의 심중은 실로 헤아리기 어려운 것이다. 나는 나의 태도와 방침을 고쳐서 근본적으로 철저히 알아보기로 결심했다. 나는 사실대로 고백한다마는, 이날 밤에 내가 N에게 취한 온갖 행동은 전에도 없고 후에도 없던 허위의 행동이었음을 나는 기탄없이 말한다. 나는 일부러 N의 집까지 쫓아갔다. 무슨 대발견이나 할 듯이. N은 아무래도 나의 행동이 수상하다고 눈치챈 듯했다.

자리에 누운 후에 N은 슬피 호소하는 어조로 말했다.

"왜 무슨 심려하시는 일이 있습니까? 신색이 대단히 불평하신 모양인데요. 설혹 불평이 계시다더라도 저에게야 말 못 할 것이 무엇 있습니까?"

"아니, 불평이야 무슨 불평? 웬일인지 아침부터 심기가 좋지 않아서, 그래서 오늘은 자네의 위로를 받으려고 왔네."

"고맙습니다. 제가 있으면 당신께서는 위안이 되실까요?"

"무어? 내가 있으면 자네가 위안을 받겠느냐고 묻는 말이나 일반일세그려?"

"저는 물론 위안이 됩니다!"

"그러면 나도 역시 그러하겠지."

우리 두 사람은 잠깐 침묵했다. 그러나 우리의 대화는 웬일인지 피상적이요, 조롱적이었다. N은 다시 말했다.

"여보세요, 달링! 나는 당신의 심중을 다 짐작했습니다. 숨김없이 말씀하십시오! 그리하시면 저도 역시 숨김없이 진심으로 대답해 드리리다."

이 말을 들을 때 나는 낙망했다. N의 눈에는 내가 삼척동자같이 보였을 것이라 나는 적이 분했다. 내가 물으려고 하던 일을 N이 먼저 묻게 되고 보니 나는 그만 한풀 꺾이고 말았다. 그러나 이러한 기회에 말 안 할 수는 없었다.

"그러면 내가 말함세. 사실대로 이야기해 주게. 이것이 사실이라면 우리의 운명은 이 자리에서 결단할 것이요,

또 만일 사실무근한 곡해라면 허허 웃고 말일세. 자네에게는 나 이상의 애인이 있지?"

나의 어조는 적이 높아졌다. 그러나 N은 태연자약하여

"없어요!"

"정말?"

"정말 없어요!"

"그러면 K라는 남자를 자네가 아나?"

"K요……. 네, 압니다."

"자네와 어떠한 관계가 있나!"

N은 깔깔 웃었다. 이 웃음은 무슨 의미의 웃음인지 나는 도무지 알지 못했다.

"그것을 말씀하시려고 아까부터 그렇게 노기를 띠고 계셨습니다그려. 다 말씀드리지요."

나는 말없이 듣고만 있었다. 그러나 자기 자신을 멸시하는 혐오의 정은 나의 전심을 눌러 버렸다.

"저의 오라비가 있는 줄은 전부터 아시지요? 저 시골 가 있는 오라비 말씀이요……."

"알지!"

"K 씨는 제 오라비와 의형제를 맺은 사람입니다. 제 오라비의 소개로 달포 전에 처음으로 알았지요. 그때 제 오라비 말이, 그 사람을 친형과 같이 알고 공경하라고 재삼 부탁도 했고, K 씨로 말씀하더라도 저에게 몹시 친절히 굴어 주므로 저는 그 양반을 제 친오라비로 알고 공경해

왔습니다."

"알겠네! 그러면 그와 별다른 관계는 없다는 말이지?"

"그렇게까지 의심을 하시고 제 마음을 신용하시지 못하신다면 저를 사랑하신다는 증거가 무엇입니까?"

"그러니까 조그마한 의혹이라도 서로 풀어 버리고 흠 없이 원만하게 지내기 위하여 내가 묻는 것이 아닌가?"

"다른 관계는 결코 없습니다. 그러나 말이 났으니 말씀입니다마는 K 씨와 제가 어떤 날 밤에 요리점에서 놀고 돌아올 때 K 씨가 저를 제집까지 바래다준 일이 있습니다. 이것을 마침 작은 N이 보았습니다. 작은 N과 K 씨는 깊은 애정 관계가 있는 터이므로, 이것을 본 작은 N은 질투의 일념으로 이 허위의 풍설을 동료들 사이에 냈습니다. 아마 당신께서도 이 소문을 들으신 게지요. 저는 이 일로 말미암아서 작은 N과는 친교가 멀어지기까지에 이르렀습니다."

이 말을 듣고 본즉 아닌 게 아니라 과연 그러할 듯했다. 나는 N의 말을 믿었다. 그래서 가장 크고 강하던 의혹은 눈 녹듯이 사라져 버렸다. 나와 N의 사이는 전과 조금도 다름없이 얼마 동안 더 계속되었다.

12

한 달 후다. 나는 저녁 식사 후에 산책하러 나왔다가 우연히 N을 보러 갔다. 그러나 그는 어디 가고 집에 있지 않았다. 내가 돌아가려는데, N의 모친이 열심히 나를 만류했다. 그것은 호의의 만류였다. 나는 이때까지 N의 모친에게 이만큼 큰 환대를 받은 적이 없다.

나는 마지못하는 체하고 마루 위로 올라갔다. 방 안에는 N의 동생과 N의 모친 두 사람밖에는 없었다. 나는 N의 모친과 이 말 저 말 하다가 의외의 환대에 마음이 흡족하여 그와 함께 술을 마셔 볼 양으로 하인을 시켜서 중국 요리를 주문했다. 두어 시간이나 지났다. 그러나 N은 돌아오지 않았다. 이때 N의 모친은 술이 취해서 쓰러졌다. 나는 홀로 적요함을 깨닫고는 책상 서랍을 열고 편지 몇 장을 꺼내서 읽어 보았다. 모두 전에 내가 보낸 편지였다. 나는 반 취중에 재미있게 읽었다. 그때 우연히 나의 눈에 띈 것은(나와 N의 사랑이 깨진 원인이 여기 있다.) K라는 자의 편지였다. 나는 이것을 펴 볼 때에 실로 불안한 마음을 금할 수 없었다. 지금 그 편지의 내용을 다 기억할 수는 없다. 그러나 "그대의 품에 안겼을 때……"라든가, "그대의 따뜻한 키스를 받을 때……" 운운하는 말이 써진 것을 보고 나는 하늘이 무너지는 듯한 반역과 파멸이 심중에 떠오름을 막을 수 없었다.

더 의심할 여지는 없다. 이것이 N이 허위의 사랑을 말하고 있다는 산 증거임에야 어찌하랴! 그러나 나는 오히려 나의 눈을 의심하여 그 편지는 가지고 돌아왔다.

나는 집에 돌아온 후에 세 번, 네 번 다시 읽어 보았다. 그러나 읽을수록 증오와 질투의 뜨거운 불길은 맹렬히 고개를 들었다. 나는 낙망이라기보다도 또는 고통이라기보다도 아니, 무엇이라기보다도 오직 억울하고 원통함만이 전신의 혈기와 함께 끓어올랐다. 나는 더 참을 수가 없어서 그 편지를 산산이 찢어 버린 후 벌떡 일어났다. 이때의 어지러운 정서를 진정시킨 것은 오직 술의 힘이다. 나는 곧 술집에 가서 제정신을 차리지 못하리만치 폭음했다.

그 이튿날 저녁때 나는 겨우 머리를 들었다. 그러나 나의 머리는 말할 수 없는 고민으로 인하여 무겁기가 천근이나 되는 것 같았고, 관자놀이가 지긋지긋이 아팠다. 나는 다시 자리에 쓰러진 채로 이내 일어나지 못했다. 그러다가 그 이튿날 정오 때, 이틀 만에 나는 일어났다. 머리는 아직까지 진정되지 않았다. 이틀 만에 밥이라고 한술 뜨고 옷을 갈아입은 후에 종로 네거리와 본정통38)으로 한참 동안 광인과 같이 쏘다녔다. 그러나 갈 만한 곳이라고는 아무 데도 없었다. 치과의원에도 다시 가기가 싫었다. 집에 들어가도 내 집 같지가 않고, 밖으로 나와도 내 세계 같지는 않았다. 누가 무엇이라고 하든지 내 귀에는 들리

38) 본정통(本町通): 서울시 중구 충무로의 옛 명칭

•종로 네거리
•본정통

지 않았고, 어떠한 광경이 내 눈앞에 나타나든지 나는 그 것을 보기가 싫었다. 밥때가 되어도 배고픈 줄을 몰랐고, 술집을 보아도 술 생각도 나지 않았다. 입은 있으나 말하 기가 귀찮았고, 눈과 귀는 있으나 보고 듣기가 싫었다. 두 말할 것 없이 그때 나는 바로 실신한 사람이나 그렇지 않 으면 풍라39)백치40)와 같았다. N의 생각은 꿈에도 나지 않았고 또 증오나 원통한 정도 나타나지 않았다. 나는 어 떠한 사물을 대하든지 그것이 나와는 아무 상관이 없다고 생각했다. 나는 자아라는 의식을 상실하고 무아몽중41)에 서 이리저리 배회했다. 만일 이때 나의 눈앞에 N이라는 계 집이 나타났던들 나는 울었을지, 웃었을지 알지 못한다. 나는 과연 울고도 싶었다. 그러나 울 수도 없고 웃을 수도 없었다. 아마 누구든지 이때 나의 행동을 주의해 본 사람 이 있었다면 그는 반드시 나를 일개 인형으로밖에는 보지 않았을 것이다.

어느 때인지도 모른다. 나는 집에 들어가서 전날에 펴놓 았던 자리 위에 의복을 입은 채로 쓰러졌다. 아마 몹시 피 로했던 모양이다. 그 이튿날 집안사람의 말을 들은즉 나 는 새벽 5시경에 들어왔다고 했다. 그러나 나는 그때까지 무엇을 했었는지, 어디로 쏘다녔는지 조금도 생각나지 않

39) 풍라(風癩): 나병 환자
40) 백치(白痴): 뇌에 장애나 질환이 있어 지능이 아주 낮은 상태. 또는 그런 사람
41) 무아몽중(無我夢中): 자기를 모르고 꿈속에 있는 것 같다는 뜻으로, 넋을 잃어 자기도 모르게 행동하는 지경을 이름.

왔다. 이와 같은 몽롱한 상태에서 나는 일주일을 보냈다.

어느 날 나는 우연히 나의 연인을 생각하고는 절치부심했다. 그때 나의 의식은 무던히 명료했다. 그래서 나는 붓을 든 후 나의 연인에게 최후의 절연장(絶緣狀)을 썼다. 꼭 같은 것을 두 장을 썼다. 그중 한 장은 지금까지 나에게 남아 있다. 그것을 지금 다시 읽어 보면 우습기도 하고 슬프기도 하다. 그 전문은 이러하다.

사랑은 오직 하나다. 하나인 사랑을 두 사람이나 세 사람에게 나누어 줄 수는 없다. 나에게는 너 이상의 새로운 연인이 생겼다. 나는 이것을 기뻐하는 동시에 너를 위하여서는 몹시 슬프다. 그 까닭은 나의 사랑을 두 사람에게 나누어 줄 수가 없음으로써다. 너는 반드시 나를 원망하고 미워하리라. 그러나 너에게 이 같은 글을 쓰는 나의 마음은 너 이상으로 아프고 쓰린 줄을 짐작해다고. 이 같은 참혹하고 잔인한 비극이 우리 두 사람 사이에 일어나게 된 원인은 지금에 다시 말하고자 하지 않는다마는 모든 것이 나의 불성실, 부주의, 경솔함에서 나왔으니 너는 나를 사랑하던 지난날의 정리를 생각하여 너무 원망치 말아라. 그러나 오오, 그러나 우리 머리 위에 임하였던 사랑의 축배가 깨진 이때, 너나 나나 아깝고 슬픈 생각을 막지는 못하리라마는 세도인심[42]이란 실로 이다지도 무상하구나!

42) 세도인심(世道人心): 세상을 살아가는 데 지켜야 할 도의와 마음

애인아! 영원한 나의 애인아! 나는 지금 너에게 이다지도 쓰리고 아픈 글을 쓴다마는 너는 반드시 새로운 사랑의 품 안에 따뜻하게 안겨서 온갖 애교를 다 떨면서 방긋이 웃으리라. 나는 실로 잔학한 남자다. 너에게 이다지 참혹한 글을 감히 쓰는, 그만치 악독한 남자다. 그러나 나와 같이 잔인하고 포악한 남자도 어느 때는 너에게 순진무구한 사랑을 쏟은 적이 있지 않았니? 너는 네 마음껏 나를 원망하여라. 그러나 오직 이 기억만은 영원히 잊지 말아다고! 나는 간다! 영원한 부상자야. 너의 상흔이 낫기 전에는 사랑의 독주를 마시지 마라!

끝으로 한마디 부탁할 것이 있다. 너는 너의 창천같이 맑은 이지(理智)로써 얼음같이 차게 생각해 보아라! 너의 지난 단꿈을 추억하기 위하여…….

나는 그만두련다. 더 쓸 힘이 없으리만치, 그만치 나의 감각은 둔해지고 마비되었다. 사랑이라는 좋은 술에 취했다 깬 자의 괴로움과 슬픔은 영원히 우리의 혈관에 흐르리로다!

이 글을 받은 후에는 비록 어떠한 사정이 있더라도 결코 회답은 요구치 아니한다. 나는 너의 글 한 자나 말 한 마디를 보고 들음도 나에게는 더없는 아픔과 슬픔이 될 것을 너는 생각해다고. 아아, 이 글이, 나의 최후의 부르짖음이 너의 손에 떨어지기 전에, 다만 1분이라도 나를 더 생각해준다면…….

한 달이 지나고 두 달이 지나도 N에게서는 아무 소식이 없었다. 물론 없으리라고 예상하였고, 또 그와 같이 되기를 차라리 희망하였다. 그러나 가끔 길에서라도 만나 볼 때가 있으리라고 생각하였더니 그것조차 없었다. N을 생각하는 마음은 졸연히 없어지지 않았다. 그러나 날이 가고 달이 갈수록 그의 생각은 차차로 엷어졌다. 나는 그 후 1개월 동안은 정신병자와 같이 지냈다. 그러다가 나는 나의 앞길을 생각하고, 나의 지난 일을 회고하여 젊은 날의 다디단 꿈은 모두 깨뜨려 버리고, 인간애를 찾으러 나아가기로 결심했다. 이 결심은 나의 앞길에 원대한 희망의 서광을 비춰 주었다.

13

나는 미국 여행권을 청구한 지 3개월 만에 그것을 손에 넣게 되었다. 남들은 내가 음악을 연구하러 가느니, 문학을 연구하러 가느니 하고 임의의 추측을 했지마는, 나는 무엇보다도 좁은 세계를 벗어나 넓은 광야에 가서 방랑 생활을 할 결심이었다. 나는 여행권을 얻은 후에 곧 출발하려고 하였으나 선편의 관계로 20여 일이나 지체되었다. 그리하여 내가 떠난 날은 11월 1일이었다. 이날은 내가 작년 이맘때 N을 처음 만나던 날과 우연하게도 같은 달 같은 날이다. 나는 이 한 많고 슬픔 많은 11월 1일을 추억하면서 정 깊은 고국산천을 등지고 멀리멀리 방랑의 길에 오를 운명을 마주했다.

경성역 앞에는 나의 오랜 친구, 친척을 비롯하여 전에 면식이 있던 몇몇 유지들이 나를 전송하기 위하여 나왔다. 나는 이 여러 사람의 후의를 따뜻한 악수로 일일이 사례한 후 차 위에 몸을 실었다.

이윽고 발차 시각이 되자 '벨'이 울렸다. 항상 듣던 기적 소리도 이날은 웬일인지 몹시도 애달프고 슬프게 들렸다. 차체가 움직이기 시작했다. 나는 수건을 꺼내 들고 여러 전송객을 향하여 휙휙 내둘렀다. 여러 사람은 나의 성공을 축원하여 만세를 불러 주었다. 아아, 잘 있거라, 나의 사랑하는 고국산천아! 잘 있거라, 나의 옛날의 애인아! 너는 비록 나를 걷어차 버렸을지라도 나는 영원토록 너를 잊지 못하리라! 남산의 송백이 마르고, 한강의 유수가 끊길 때까지 너는 부디 몸성히 잘 있거라!

이같이 심중에 부르짖고 찻간 안으로 들어갔다. 나를 낳고 길러 준 정든 고향을 떠나서 가는 데가 어드메뇨? 나의 부모형제도 이곳에 있고, 나의 친한 동무도 이곳에 있고, 나의 알뜰한 옛 연인까지도 이곳에 있거늘 나는 홀로 어디 가서 무엇을 믿고 바라고 살까. 이같이 생각하매 오랫동안 쌓이고 쌓였던 비애는 한꺼번에 복받쳐 올라와서

두 눈에서는 뜨거운 눈물이 빗발같이 흘렀다. 그러나 나는 이것을 씻으려고도 하지 않고, 흐르는 그대로 내버려 두었다. 그러나 이보다도 더 쓰리고 아프고 슬픈 것은 나의 심안에서 흐르는 보이지 않는 눈물이었다. 미국에 가서 5년 동안 있을 때나, 독일에 가서 1년 동안 있을 때, 또는 프랑스에 가서 2년 동안 있을 때에, 이 심안의 비통한 눈물은 쉼 없이 흘렀다. 아니, 이것이야말로 영겁으로부터 영겁으로 흐르리로다!

　—1922년 12월

사랑하는 벗에게

사랑하는 벗에게

제1신[1]
3월 8일, H에게서 S에게.

나의 친애하는 벗이여. 그대가 어제 부탁하신 것은 나도 역시 잘 알지는 못합니다. 그러나 내 힘이 미치는 데까지는 힘써 보려고 합니다. 벌써 따뜻한 봄날이 되었습니다 그려. 일전 저녁에 XX극장에서 돌아오는 길에 찬 바람과 눈보라로 인하여 몹시 욕을 보셨지요? 그러나 지금은 날씨가 몹시 따뜻해져서 벌써 외투를 벗어 놓게 되었습니다. 오늘은 기분이 상쾌하여 XX공원에 산책이나 해 보려고 사진기를 들고 일어설 때, 의외에 (의외라고 말하면 섭섭하다 하실는지도 모르지요마는) 그대의 글을 받아 보게 되었습니다. 그러나 나는 겉봉을 뗄 때에 가슴이 두근거림을 깨달았나이다. 이것이 무슨 까닭일까요? 그러나 그대가 말씀한 것을 즉시로 쾌답해 드리지 못함이 무엇

1) 신(信): 안부, 소식 따위를 적어 보내는 글. 편지

보다도 유감입니다. 나는 기탄없이 정직하게 말씀하오리다. 그대는 Y 씨를 아시지 않습니까? 그이에게 부탁하실 것 같으면 곧 될 줄로 아는데, 왜 나에게 부탁하시는지요? 그러나 그 이유는 깊이 알고자 하지 않습니다. 하여간 그대의 글은 반갑게 읽었나이다. 그래서 나는 곧 답장을 쓰려고 붓을 들었습니다. 처음에는 어떠한 방식으로 썼으면 좋을는지, 서두를 어떻게 만들었으면 그대에게 만족을 드리게 되는지 한참 동안 고심하였습니다. 그러나 그것이 무슨 소용이 있겠습니까. 본시 문필에 능하지 못한 나는 이 같은 고심을 하는 것은 한갓 헛수고에 불과함을 깨달았습니다. 나는 붓을 들기만 하면 놓을 줄을 모르는 기벽이 있습니다. 쓸 소리 못 쓸 소리, 필요 불필요를 불문하고 순서 없고 조리 없이 끄적거려서 수신인을 괴롭게 합니다. 그러나 금전상이나 책략상의 요건을 말하지 않는 이상에는 친우에게 붓을 드는 것처럼 유쾌한 일은 없습니다. 나는 지금 공원에 산책을 가려고 합니다. 오로지나 혼자서만. '동무가 있었으면 좋으련마는' 하고 생각은 하였습니다마는 미리 서로 약속한 일이 아닌 까닭에 홀로 봄바람을 쏘이러 나갑니다. 일간 한번 찾아가 뵈옵고 자세한 말씀을 드리려 합니다.

– H에게서.

제2신

3월 11일, S에게서 H에게.

왜 그런 말씀을 하십니까. 제가 당신께 청한 것이 잘못되었습니까? 그러면 용서해 주십시오. Y 씨는 친히 압니다. 그러나 이번 일로 말하면 Y 씨에게 청할 수는 없는 일이 아닙니까. 불의에 그 같은 실례를 하여 대단히 죄송합니다. 참, 따뜻한 날입니다. 이같이 5, 6일이나 좋은 날씨가 계속되니 희한한 일입니다. 그러나 나는 당신의 글을 배독하온[2] 후로 나의 무례하고 경솔한 행위에 대하여 적지 않게 후회하고 있습니다. 정히 수고 드시는 일이거든 그만두셔도 무관합니다. 제 일로 인하여 당신께 괴로움을 끼쳐 드리고 싶지는 않습니다. 졸업 시험이 가까웠사온즉 근일에는 대단히 분망하실 줄 압니다. 이번 시험에서 우등 성적으로 졸업하시어 영광의 면류관을 얻으시기를 바라옵고, 일전에 제가 실례하온 것을 사과하나이다.

  −S · T 배상.

2) 배독(拜讀)하다: 남의 글을 존경하는 마음으로 공손히 읽다.

제3신

3월 15일, S에게서 H에게.

4일 전에 올린 글은 읽으셨을 줄로 믿습니다. 아직까지 아무 말씀도 아니 계셔서 대단히 속 타는 중에 있습니다. 혹시 노하시지나 아니하셨나 하고. 그러나 제가 청하온 일은 취소하겠다고 말씀하지 않았습니까? 만일 그것이 원인이 되어 당신께서 노하셨다고 하실진대 저는 실로 당신을 뵈올 면목이 없습니다.

밤사이 퍼붓던 봄비가 맑게 개고, 신선한 아침 바람이 산들산들하는 아름다운 봄날이올시다. 첫 아침에 일찍이 일어나서 후원을 산책하다가 파릇파릇하게 새로 싹 나오는 '바이올렛3)' 포기들을 보았습니다. 밤새도록 빗방울에 젖고 흙 속 양분을 흡수하다가 떠오르는 아침 햇빛 아래에 아리따운 얼굴을 들고 있음을 볼 때에 저는 무한한 느낌을 받았습니다. 저 바이올렛의 어린싹들은 거들떠보는 이가 없건마는, 그래도 무슨 바람이 있는 듯이 하루 이틀 발육하고 성장하여 아름다운 향기와 어여쁜 꽃으로써 조화옹4)의 은택을 찬송함이 아니겠습니까. 그뿐 아니오라, 담 밑에 선 고목 가지에는 아름다운 작은 새들이 날아 오가며 어지러이 노래하나이다. 한 마리가 날아가며 짹짹하

---

3) 바이올렛(violet): 제비꽃. 자주색 꽃이 꽃줄기 끝에 한 개씩 옆을 향하여 핀다.
4) 조화옹(造化翁): 만물을 창조하는 노인이라는 뜻으로, '조물주'를 이르는 말

면 또 한 마리가 이에 응하여 짹짹하고 날아갑니다. 바로
'이리 오너라' 하니까, '그래, 가마' 하고 대답하는 듯이.
이것이 모두 하늘의 은혜를 찬양하여 사랑의 진리를 노래
함이 아니고 무엇이리까. 당신께서 저번에 편지하실 때 붓
을 들기만 하면 놓을 줄을 모르고 필요 불필요를 불문하
고 함부로 쓰신다고 하셨지요? 저 역시 꼭 그렇습니다. 그
러나 왜 불필요한 일이 있을까요? 당신께서 저에게 어떠
한 말씀을 하시더라도 저는 하나도 불필요하다고는 생각
하지 않습니다. 당신께는 혹시 불필요하실지라도 제게는
모두 필요합니다. 저는 다른 친우에게 편지를 받더라도
겉봉을 떼었다가 만일 내용이 간단하면 낙심할 때가 많습
니다. 친우의 편지를 읽음은 소설이나 시를 읽는 것 이상
의 친근한 맛이 있습니다. 이다음에 편지하실 때는 사양
마시고 긴 글을 써 보내 주세요. 만일 여가만 계시거든.

　저야말로 잔소리를 많이 했습니다. 용서하십시오. 졸업
시험은 어느 때나 끝이 나겠습니까? 시험을 마치시거든
꼭 찾아와 주십시오. 그리고 졸업식 일시도 알려 주십시
오. 몹시 바쁘시거든 안부만이라도 알려 주십시오. 그러
나 엽서로 하셔서는 아니 됩니다. 아시겠지요? 그러면 일
간 다시 뵈옵겠습니다. 만사를 잘 지도해 주시고 잘못하
는 것이 있거든 사양 마시고 꾸짖어 주십시오.

　－S·T로부터.

제4신

3월 20일, H에게서 S에게.

사랑하는 벗이여! 내가 태만한 것을 용서하시오. 일전에
그대의 글을 받은 후에 곧 답장을 하려고 생각은 하였으
나 시험 준비 하느라고 차일피일 미뤄온 것이 이같이 지연
되었습니다. 그러다가 어제저녁에 그대의 사랑하는 글을
다시 받고 곧 붓을 들려고 하였으나, 본시 머리가 둔하고
재주가 없는 까닭에 오늘 시험을 볼 과목을 준비하느라고
이제야 붓을 들게 되었습니다. 시험은 오늘 오전에 전부
끝이 났습니다마는 이번에 낙제나 면하게 되면 오로지 그
대가 염려해 주신 덕택인 줄 알겠습니다. 졸업식은 25일
오후 1시부터 학교 안에서 거행된다 합니다. 이번 졸업 연
주에 내가 출연하게 되어서 한편으로는 기쁘기도 합니다
마는 또 한편으로는 겁도 납니다. 아, 참. 잊었습니다. 그
대가 부탁하신 것은 내가 힘자라는 데까지는 해 보겠다고
하지 않았습니까? 왜 그것으로 공연한 걱정을 하십니까?
내가 그만한 일에 노할 사람이라고 생각하신다면 그야말
로 대단히 섭섭한 일입니다.

　아, 친우의 편지를 읽음은 소설이나 시를 읽는 것 이상
의 맛이 있다 하셨지요? 옳습니다. 그대의 글이야말로 시
가(詩歌) 이상의 묘미가 있습니다. 따뜻한 봄날이니, 바
이올렛의 새싹이니, 아름다운 향기니, 어여쁜 꽃이니, 또

는 작은 새들의 노래니 이것만으로도 벌써 시가 되기에 충분합니다. 그러나 나는 도저히 이 같은 명문을 쓸 수는 없습니다. 나는 시인이나 소설가가 아닌 이상에 시재(詩材)가 될 만한 것은 하나도 생각할 수 없습니다. 그럼으로써 나의 건조무미한 글이 그대에게 적지 아니한 실망을 줄 것을 생각하면 스스로에게 연민을 금할 수 없습니다.

친애한 S 씨여! 나는 벌써부터 그대를 찾아가려고 생각하고 있었습니다. 그러나 내가 그대에게 편지를 할 때도 겉봉에 나의 성명을 명기하지 못하고 H라든가 혹은 '숙경'이라는 얼토당토않은 가명을 쓰는 이상에 어찌 찾아가 뵈올 수가 있으리까. 찾아가는 나보다도 그대에게 의외의 불행이 생기지 않을까 두렵습니다. 그러나 우리는 집 밖에 어느 곳에서든지 만나 볼 수가 있습니다. 많은 사람들이 통행하는 공원이 불편하실진대 가까운 교외로라도 나가는 것이 좋지 않겠습니까? 그러나 아, 그러나 내가 사람들의 시선을 피하여 교외까지 나가 그대와 밀회할 필요가 있을는지요? 이것이 나의 가장 의문이올시다. 졸업 연주회의 초대권을 드리오니 바쁘시지 않거든 구경 오십시오. 그러나 나의 변변치 못한 연주를 그대에게 들려 드리는 것이…… 무엇보다도 부끄럽습니다. 그러면 졸업식 날에 뵈옵기를 바라고 이만 그칩니다.

　－H에게서.

제5신

3월 24일, S에게서 H에게.

친애하신 H 씨여! 저는 무엇이라고 말씀하여야 좋을는지 알 수가 없게 되었습니다. 당신께서 하신 말씀은 모두 비아냥이 아닙니까? 아니, 비아냥이 아니고 겸양하시는 말씀이라고 하십시다. 그러기로 그다지 심히 하실 수야 있습니까. 제 편지가 시 이상의 맛이 있다고 하시면 저는 무엇보다도 만족합니다마는, 봄날이 따뜻하다든지 작은 새가 노래한다는 것이 무엇이 그다지 명문이겠습니까? 또 당신의 연주를 저에게 들려주시는 것이 부끄럽다 하셨지요? 네, 알겠습니다. 저같이 음악에 이해가 없는 여자에게 고귀한 음악을 들려주시는 것은 한갓 소귀에 경 읽는 헛수고에 불과하겠다는 말씀이시지요. 그렇지마는 저는 비록 음악에 대한 이해는 없을지라도 당신의 연주는 전신의 열정을 다하여 눈 먼 소녀가 '베토벤'의 〈월광 소나타〉를 경청하던 것과 같이 삼가 들으려 합니다.

친애하신 H 씨여! 너무 과도히 말씀 여쭌 것을 허물치 마십시오! 이것이 모두 청춘 남녀의 정열인 줄 압니다. 조그만 일에 격렬히 흥분되어 희로애락을 무상히 하는 까닭이올시다.

오오, 영광스러운 졸업 연주는 내일이올시다그려! 저는 상제 앞에서 심판을 받는 듯이 가슴이 두근두근합니다.

당신께서 저에게 어떠한 가혹한 말씀을 하신다더라도 저는 일생에 잊지 못할 이번 졸업식에는 만사를 제쳐 놓고 기어이 가서 참여하려 합니다. 오오, 그러나, 그러나 당신께서는 왜 그런 말씀을 하십니까. 저는 가슴이 찢어지는 듯하고 몸이 두 쪽으로 갈라지는 듯합니다. 저에게는 사형 선고 이상의 고통인 줄을 당신께서는 모르십니까? '왜 그대와 교외까지 나가 밀회할 필요가 있겠느냐'고? 물론 밀회는 아니겠지요. 그러나 당신께서 저와 함께 교외 산책을 못 하시겠다는 이유는 무엇일까요? 아, 왜 내가 이런 말씀을 당돌히 하나! 그러나 H 씨여! 그것은 너무나 가혹하시지 않은가요? 설혹 필요가 없다 하기로 그다지…….

아, 저는 아무 말씀도 하지 않으렵니다. 그러나 친애하신 H 씨여! 내일 졸업 연주가 끝난 후에 저를 잠깐 찾아 주십시오! 물론 졸업식장에서는 불가하겠지요마는 당신의 말씀과 같이 교외로라도. 시간 관계로 그것도 할 수 없다 하시면 더 여쭐 말씀이 없습니다마는 저번에 처음으로 만나 뵈옵던 XX정으로 오실 수가 없으실는지요? 조급한 마음에 편지가 곧 배달되지 않을까 염려하여 속달 우편으로 올리오니 불의에 놀라시게 한 죄를 너그럽게 용서해 주십시오. 졸업 연주에 뜻대로 성공하시기를 비오며 나머지 말씀은 내일 오후에 여쭐까 하나이다.

−S · T

제6신

3월 26일, S에게서 H에게.

오오, 일생에 사모하옵고 경애하는 H 씨여! 어제 졸업 연주에서 최상의 성공을 이루심을 경하하옵나이다. XX정까지 찾아와 주신 후의는 무엇으로써 감사할 길이 없사오며, 3월 25일은 저의 일생의 기억에서 떠나지 못할 날이올시다. H 씨시여! 지난달에 XX 간친회[5]가 XX정에서 열렸을 때 저는 당신을 처음으로 뵈온 후로 지금까지 1개월 동안 무엇을 꿈꾸고 있었는지 당신께서는 이미 아셨습니다. 저는 몹시 주저하였습니다. 뛰노는 심장은 거의 파열할 지경에 이르렀을 때, 당신께서는 주위를 한번 돌아보신 후에 나의 손을 꼭 잡아 주셨지요? 아아, 감사합니다! 저는 그때 전신이 짜릿짜릿하고 가슴이 벌떡벌떡 뛰어 놀음을 깨달았습니다. 저는 필경 제 가슴을 풀어 당신 앞에 바쳤습니다. '당신을 사랑합니다, 라고 하는 말은 처녀 운명의 열쇠라'고 한 말이 있지 않습니까? 저의 운명은 당신의 따뜻한 사랑으로 말미암아 개척되었습니다. 저는 온전히 당신의 소유라고 말씀드릴 용기를 얻었습니다.

　사랑하는 H 씨여! 우리의 사랑이 뜻밖에 급속한 속도로 응결된 것이 저는 기쁩니다. XX정! 3월 25일! 졸업 연주! 이것들은 우리에게 얻으려 해도 얻을 수 없는 고귀하

5) 간친회(懇親會): 다정하고 친밀하게 사귀는 것을 목적으로 하는 모임

고 성결한 술잔을 기울여 주었습니다. 저는 이 아름다운 술에 깊이 취하여 어제 온밤을 달콤한 꿈속에서 왕래하였습니다. 우리는 화창한 봄날을 만났습니다. 온갖 화초는 각기 향기와 고운 색을 자랑할 때, 파득파득 날아드는 나비 떼들은 꽃 속에 깊이 잠들어 갈 길을 모르나이다. 오직 모진 바람 불고 궂은비가 와서 그 향기를 사라지게 하고 그 빛을 낡게 할까 염려될 뿐이올시다. 그러나 꽃 지고 잎 떨어지는 때에는 나비조차 화신(化身)할 절기가 아니오리까.

  경애하는 H 씨시여! 당신께서 지금 무엇을 하고 계십니까? 제가 알아맞혀 볼까요? 아마도 어제 지내신 일을 회상하시면서 '바이올린'의 현을 그어서 열정이 사무친 멜로디를 그 어느 곳으로 전해 주시겠지요. 무선 전신의 전기 감응과 같이. 아니에요? 그러면 책상 위에 고개를 괴이시고 멀고 먼 낙원의 단꿈을 꾸고 계시겠지요. 어떠합니까. 들어맞았습니까? 그러나 저는 그 대답을 듣고자 원하지 않습니다. 의문 속에서 이리로 저리로 궁구하는[6] 것이 제일 유쾌하지 않습니까. 저는 붓을 들 때 생각하기는, 레터 페이퍼(서한지) 한두 권을 가지고는 저의 흉중에 쌓인 감회를 다 그릴 수 없으리라 했습니다. 그러나 급기야 한 줄, 두 줄 쓰는 동안에 머릿속이 이상스럽게도 어지러워져 도무지 두서를 차릴 수 없게 되었습니다. 아무리 생

6) 궁구(窮究)하다: 깊게 연구하다.

각해도 어제 마신 술에 아직 취해 있는 듯합니다. 아! 내가 왜 이런 말을 또 할까요! 어제의 취한 꿈이 파하는 날은 나의 생명이 끝나는 날이거늘……. 이제 이만 쓰겠습니다. 당신의 영육이 함께 건강무손[7] 하시기를 마음속 깊이 바라나이다.

　- S · T로부터.

　제7신
　3월 29일, H에게서 S에게.

사랑하는 벗이여! 26일에 보내신 글은 그대의 낯을 대하는 듯이, 그대의 아름다운 목소리를 듣는 듯이 반갑고 기쁘게 읽었습니다. 옳습니다. 그대의 말씀은 꼭 들어맞았습니다. 나는 지금까지, 아니 영원까지 낙원의 단꿈을 꾸며 사랑의 왕국으로 방황하려 하나이다. 바이올린 말씀을 하시니 말이지요마는 나는 졸업 연주가 끝난 이후로는 아직 바이올린을 손에 들어 본 적이 없습니다. 바이올린을 손에 댈 여념이 없으리만치, 그만치 나는 다른 무엇을 꿈꾸고 있는 까닭입니다. 지금 다시 말씀할 필요도 없지요

7) 건강무손(健康無損): 건강에 손해됨이 없음.

마는……. 그러나 내가 만일 두 달 전이나 석 달 전에 그대와 친하게 되었던들 나는 이번 졸업 시험에 낙제를 했을는지도 모릅니다. 이것은 진정 무사한[8] 고백이올시다. 나는 이 2, 3일 동안은 정신병자와 같이 흥분되어 아무것도 손에 잡히지 않고, 또 아무것에도 착심[9]이 되지 아니합니다. 말하자면 이것이 나의 퍼스트 러브(First Love)인 까닭이겠지요. 그러나 나의 혼돈한 뇌리에는 사랑의 섬광이, 새로운 생의 광명이 끊임없이 비칩니다. 어떤 때는 나는 화석과 같이 창 앞에 서서 10분이나 20분을 꼼짝도 하지 않고 눈앞에 영사되는 필름을 물끄러미 응시합니다. 또 어떤 때는 (그대의 말과 같이) 책상 위에 머리를 수그린 채로 시체와 같이 호흡 소리도 들리지 않으리만치 고요히 엎드려서 영원한 미래를 내 마음대로, 내 욕심껏 화려하고 찬란하게 장식합니다. 그러나 이것이 지나간 후에는 다시 광인과 같이 격분되어 어깨춤을 으쓱으쓱 추며 실내로 빙글빙글 돌아다니기도 하며, 웃어 보기도 했다가 혹은 눈살을 찡그려 보기도 했다가 하며, 또는 두 주먹을 불끈 쥐고 뚜벅뚜벅 걸어가서 방문을 열고 나아가려고 하다가는, 실외의 선뜻한 찬 공기에 얼굴을 대고는 발길을 멈칫하여 픽 웃고 돌아선 적도 있습니다. 이것이 모두 새로운 사랑의 정열이 발하는 징후겠지요.

8) 무사(無邪)하다: 사심(邪心)이나 악의가 없다.
9) 착심(着心): 어떤 일에 마음을 붙임. 또는 그 마음

사랑하는 벗이여! 나는 그대를 향하여 몇 번이나 붓을 들었겠습니까? 꼭 바른대로 말하오리다. 놀라지 마십시오. 나는 레터 페이퍼를 두 권이나 없애 버렸습니다. 한 시간에도 두세 번 붓을 고쳐 들었습니다마는 나는 무엇을 어떻게 쓸지 알 수가 없어서 '사랑하는 벗'이라는 둥, '친애한 님'이라는 둥, '애인의 가슴'이라는 둥, 이 같은 어구를 2, 3개 찾아내서 서두를 만들다가는 곧 북북 찢어 버리고 벌떡 일어서서 뒷짐을 지고 이리저리 실내로 돌아다녔습니다. 동물원 철창 안에 갇혀 있는 타이거와 같이. 그러나 비록 나의 손으로 기록한 편지는 그대 앞에 전달되지 못하였을지라도 나의 약동하는 흉중의 비밀은 시시각각으로 무언중에서 그대의 품으로 새어 들어갔을 줄 압니다.

친애한 벗이여! 나는 삼경[10]이 지난 심야에 실내를 밝게 비추는 20촉 전등을 끄고 자리 속에 누울 때, 항상 심중에 이같이 말하였습니다. "오오, 전지전능하시고 사랑이 많으신 하나님! 이 밤이 지나가기까지 당신의 품 안에 저희를 편안히 보전하여 주십시오"라고. 또 첫 아침 해 돋기 전에 눈을 뜰 때는 "감사합니다. 사랑의 근원 되시는 하나님이시여! 오늘은 온종일 당신의 은혜 안에 저희를 보호해 주시사, 당신의 사랑과 영광을 찬양케 해 주십시

---

10) 삼경(三更): 하룻밤을 다섯 부분으로 나누었을 때 셋째 부분. 밤 11시에서 새벽 1시 사이

오!"라고. 사랑하는 S 씨! 그대는 잠들기 전이나 잠 깬 후에, 또는 하루 중에 무엇을 생각하고, 무엇을 바라셨습니까? 나는 말하지 않습니다마는 이미 다 알고 있습니다.

봄날은 왔습니다. 저 건너 벌판에는 아지랑이가 부유하고, 전원의 화초들은 꽃봉오리가 점점 커져 갑니다. 사랑스러운 작은 새들도 다시 날아왔습니다. 온 겨울 동안에 웅숭그리고 발발 떨던 어린 동물들은 계절이 순환하는 혜택을 입어서 마음껏 뛰놀며 노래합니다. 오오! S 씨! 갑자기 좋은 생각이 났습니다. 제게는 어떤 친우에게 기증받은 소설이 두세 권 있습니다. 그것을 보내 드리니 틈틈이 읽어 보십시오. 나는 아직 한 권도 읽지를 못했습니다마는 이 소설들은 유명한 걸작이라 합니다. 러시아 문호 투르게네프가 쓴 『First Love』[11]와 『On The Eve』, 이것들은 모두 영역(英譯)입니다. 그리고 프랑스 문호 모파상의 단편집……. 모파상은 세계 1위의 단편 작가로 그의 200여 개의 작품 중에는 양성(兩性) 문제에 관하여 여지없는 견해와 섬세하고 기묘한 묘사를 하였다고 합니다. 다 읽으신 후에 그대의 소감을 말씀해 주시오. 오늘은 참으로 화창한 좋은 날씨입니다. 교외 산책하기에는 둘도 없이 알맞은 날이올시다. 나는 사진기를 어깨에 둘러메고 근교에 산책하러 가려 하나이다. 이번에는 내가 박은 사

---

11) 소설 『첫사랑』을 뜻한다. 『첫사랑』은 가난한 공작 부인의 딸 지나이다를 두고, 청년 블라디미르와 그의 아버지와의 삼각관계를 담고 있다.

진 몇 장을 보내 드리지요. 5, 6개월 동안이나 시험해 보았으나 여간해서는 성공할 것 같지 않습니다. 무엇보다 현상[12]을 잘하지 못하는 까닭에. 그러면 일간 다시 만나 뵙겠습니다.

　－H에게서.

　제8신
　4월 7일, S가 H에게.

경애하는 H 씨! 그동안 안녕하셨습니까? 당신께서 보내 주신 소설은 내용의 여하를 말씀하기 전에 표지부터 제 마음에 꼭 들었습니다. 아, 어쩌면 그렇게 맑고도 시원하며 미려할까요! 저는 책상 서랍 속에 넣어 두려다가 문득 생각난 일이 있어서 일부러 책상 위에 놓아두었습니다. 무슨 까닭일까요? 책상 속에 단단히 넣어 두는 것도 좋지요마는……. 그보다는 제 눈에 잘 띄는 곳에 두는 것이 좋을까 하여. 그러나 이런 것은 사소한 일입니다. 그보다도 저는 당신의 후의에 감사하기 위하여 우선 그중에서 『First Love』 한 권을 손에 들기로 했습니다. 아직 10여

---

12) 현상(現像): 노출된 필름이나 인화지를 약품으로 처리하여 상이 나타나도록 함.

페이지밖에 읽지 못했습니다마는 퍽 재미있어요. 문장도 평이하여 영어 초심자인 제게는 둘도 없는 양서(良書)인 줄 압니다. 그러나 이 책은 어느 분께서 선사하신 것입니까. 실례올시다마는 책 속장에 "From A. L. Koh"라고 쓴 것을 보았습니다. 혹시 고애라? …… 아닙니다, 아닙니다. 저는 또 이런 경솔한 말씀을 여쭈었습니다그려. 고애라라는 여자는 저의 예전 동창입니다. 그 까닭에 영자로 쓴 성명 약자를 보고 곧 그 친구를 생각했습니다. 그러나 저는 결코 속임 없이 말합니다. 저는 이 문자를 찾아냈을 때 머리 위로 벽력이 내리는 듯한 감이 있었음은 속일 수 없는 사실이올시다. 그 외에는 아무 말도 하지 않으려 합니다.

사랑하는 H 씨시여! 왜 사진은 이때껏 보내 주시지 아니하세요? 저는 매일 밤낮으로 고대하고 있는데요. 그러나 분망하신 중에 무리하게 제 생각을 해 주십사 함은 아니올시다. 하루에 단지 한 번만이라도 제 생각을 염두에 두신다면은 저는 그것만으로 만족합니다. 쓸데없는 말씀을 많이 하여서 당신께 괴로움을 끼쳐 드릴까 겁이 납니다. 모든 것이 저의 경솔한 데에 있사오니 과히 노하지 마시옵소서.

　－S · T 올림.

제9신

4월 20일, S로부터.

친애하신 H 씨여! 사진은 반갑게 받아 보았습니다. 바쁘신 중에도 저를 위하셔서 무엇이든지 제가 청하는 대로 곧 힘써 주심을 감사하나이다. 그러나 저는 무엇이라고 사과하여야 옳을는지 알 수가 없습니다. 고애라라는 여자는 신실한 크리스천입니다. 당신께서는 아시지도 못하는 여자를 저의 좁은 편견으로 이같이 오해한 것이 한편으로는 죄송스럽기도 하고, 한편으로는 부끄럽기도 합니다. 당신의 말씀을 듣고 보니 비로소 생각이 납니다. 고애라는 'A. L. Koh'가 아니요, 'A. R. Koh'라고 씁니다. R 자와 L 자의 혼동으로 인하여 우리의 심중에 적지 아니한 비통을 받은 것이 후회되나이다. 옳습니다. 당신께서 말씀하신 것과 같이 이러한 얼토당토아니한 오류가 일어난 원인을 추구하오면, 역시 사랑하는 열정에서 나온 것은 분명한 사실이올시다. 질투와 시기, 의심은 사람의 못된 근성입니다. 이 못된 근성으로 말미암아 만사가 건설되기 전에 파괴되고, 결합하기 전에 분열됨을 생각하오면 실로 두려울 따름이올시다.

사랑하는 H 씨여! 저는 조만간 원산 방면으로 여행을 할까 하나이다. 9월에 개최되는 제1회 미술 전람회에 출품할 그림 화재(畫材)를 얻기 위하여 원산 해안과 석왕사13)에서 각각 이삼 주씩 체류하려 하나이다. 그러나 아직 확실히 단언해 여쭙기는 어려우나 양친의 승낙까지 계신 터이온즉, 저의 이번 계획은 머지않아 실현될 듯도 합니다. 저는 몇 년 전 미술학교를 마친 이후로 근 2년 이상을 화필을 손에 들어 본 적이 없었습니다. 저는 절실히 느꼈습니다. 비록 상당한 교양을 받은 여자라도 가정이나 사회에서 절대의 자유를 획득하기 전에는 그의 전공은 무익한 헛수고에 불과하리라고. 저는 도쿄에 유학한 지 전후 5년 동안에 명색이 미술학교라고 졸업은 했습니다마는 귀성 후로는 가사에 얽매인 몸이 되고, 또 여자로서 사회에 출입함을 몹시 꺼리시는 양친이 계셔서 그동안 음울하고 침체된 생애를 보내 왔습니다. 그러다가 이번에 겨우 양친의 양해를 얻어서 다시 대자연과 접근할 기회를 얻은 것이 저는 무한히 기쁩니다. 떠나기 전에 다시 만나 뵈옵기를 간절히 바라오며, 귀체14) 수시 건강하시기를 비옵나이다.

　－S에게서.

---

13) 석왕사(釋王寺): 함경남도 안변군 설봉산에 있는 절. 조선 태조 때 무학 대사가 창건했다고 알려졌으며 원산의 명승지 중 하나다.
14) 귀체(貴體): 주로 편지글에서 상대의 안부를 물을 때 그 사람의 몸을 높여 이르는 말

제10신

4월 25일, H로부터 S에게.

나의 깊이 사랑하는 벗이여! 나는 그대에게 감사와 축하의 뜨거운 눈물을 드리기에 조금도 주저하지 아니합니다. 바른대로 말씀할 것 같으면 나는 벌써부터 그대에게 한번 물어보려고 하던 것입니다. 그러나 지금 그대는 다시 화필을 들고 화재를 얻기 위하여 자연의 풍광을 찾아가시게 되었다 하니, 듣기만 하여도 희열의 정을 금치 못하겠나이다. 이 같은 희소식을 듣는 동시에 나의 숙망하던[15] 것을 그대에게 고하리다. 나도 다음 달 상순에는 지방으로 순회 연주 여행을 하기 위하여 2, 3명 동지와 더불어 지금 준비를 하고 있습니다. 나의 일행은 피아노과 출신 Y 군과 테너과 Y 군, 첼로과 S 군 외에 작년에 졸업한 여류 성악가 K 양이 동반할 듯합니다. 이만하면 변변치 못한 나의 바이올린까지 합하여 조그마한 연주회는 넉넉히 할 수가 있을 줄 압니다. 여행할 지방도 대체로는 결정되온바, 처음에 남부 지방으로 향하여 부산, 대구, 목포, 군산, 마산, 대전, 공주, 수원을 거쳐서, 다시 서부로는 개성, 평양, 진남포, 정주, 신의주를 순방하고, 다음에는 북부로 들어가 철원, 원산, 영흥, 함흥, 청진, 경성[16]까지 순회할 예정

---

15) 숙망(宿望)하다: 오랫동안 소망을 품어 오다.
16) 서울 경성(京城)이 아니라, 함경북도 중앙부에 위치한 경성(鏡城)을 의미한다.

이올시다. 이번 연주 여행은 나 한 사람뿐만 아니라 일행들의 출세 연주라고도 할 만하므로, S 군이나 Y 군 같은 이는 거의 침식을 폐하고 연습에 몰두해 있습니다. 오늘이 합동 연습일이므로 오후 7시에 일동은 K 양의 집으로 모이겠습니다. K 양은 실로 쾌활한 여성입니다. 처음 보는 사람들은 너무 오만하다고 비난하는 이도 있지요마는 실상은 아주 딴판입니다. 천성이 본래 자비롭고도 쾌활한 데다 사량[17]이 광활하여 편견이 없으며 활동력이 위풍당당하여 쉼 없이 부지런한, 훌륭한 여성입니다. 그대는 K 양을 모르십니까? 아니, 일전 연주회 때에 보셨겠지요? 혹시 기회가 있으면 그대에게 소개해 드리고자 합니다.

S 씨! 친애한 벗이여! 우리는 예술의 새로운 광채를 우리 민족에게 발사할 중대한 사명을 양어깨에 지고 있습니다. 자중하십시다! 온갖 장애를 돌파하고 굳세게 전진하여 최후의 승리를 얻기에 조금도 주저치 마십시다. 이 편지를 봉하기 전에 나는 뜨거운 키스를 함께 올립니다.

　- 친우로부터.

---

17) 사량(思量): 생각하고 헤아림.

제11신

5월 12일, H에게서 S에게.

가장 친애한 S여! 경성역 앞에서 분수상별[18]이 어제와 같
거늘 어언간 일주일이 되었습니다그려. 나의 일행은 어제
오전에 경성을 출발하였나이다. 원산서 부치신 그대의 글
은 떠나기 전날 밤에 반가이 읽었나이다. 그러나 여러 가
지 준비에 짧은 여유도 얻지 못하여 오늘 부산 여관에서
비로소 붓을 들게 되었나이다. 부산은 그대가 도쿄 왕래
할 때 가장 깊고 두터운 감회를 느끼게 한 곳인 줄 압니다.
그러나 시가지의 난잡함은 볼 때마다 긴 탄식을 금할 수
없습니다. 4, 50년의 역사를 가진 개항장으로 어찌 이다
지 비참한 형상에 빠져 있을까요? 우리는 더욱더욱 분투,
노력하지 않으면 필경은 자멸하고 말 것입니다.

　제1회 연주는 오늘밤 부산에서 개최되겠습니다. XX신
문사의 후원과 청년 단체의 찬조를 얻어서 오늘 정오경까
지 발매된 회원권이 700여 매에 달한다 한즉 연주 여행의
제1일은 기필코 기대 이상의 대성공을 이룰 줄 믿습니다.
일행은 원기 왕성하여 연주 시각을 기다리고 있는 중에
도, 특별히 '소프라노' 명수 K 양은 일행의 화기[19]를 돋아

18) 분수상별(分袖相別): 소맷자락을 떼고 서로 헤어진다는 뜻으로, '작별'을 이르
　는 말
19) 화기(和氣): 화목하고 생기 있는 분위기

• 부산 전경
• 부산항

서 경성을 출발한 이래 1박 2일 간에 끊임없이 담소, 화락
합니다[20]. 내일 아침에 이곳을 출발하여 대구로 향한 후,
그날 밤 제2회 연주를 펼쳐 보이겠나이다. 피차 객지에 있
는 터이지요마는 특별히 음식, 거처에 주의하셔서 건강을
해치지 않도록 하십시오. 이것으로써 나의 제1신을 삼나
이다.

　－부산에서 H.

　제12신
　5월 17일, H에게서 S에게.

이제야 나의 제2신을 쓰기 위하여 붓을 잡습니다. 부산,
대구, 목포, 군산의 연주는 모두 기대 이상의 성공을 하였
고, 오늘 밤 마산청년회관에서 연주를 펼치려 하나이다.
벌써 여름이 되었습니다그려. 경성서 새로이 갈아입은 춘
추복도 벌써 철 늦은 감이 없지 않습니다. 나는 어제 오후
에 이곳에 도착한바 마침 때는 음력 4월 15일 밤, 마산 해
안의 월광은 무슨 말로도 명명하기 어려웠나이다. 일행
은 조그마한 쪽배를 얻어 가지고 해안에서 뱃놀이하였습

20) 화락(和樂)하다: 화평하게 즐기다.

니다. K 양이 물속에 비치는 월광을 들여다보면서 자연을 노래할 때, 우리들은 이에 화답하여 각각 화성을 붙여 주니, 달 아래 마산 해안에는 하늘에서 내려온 선인선녀가 무용하는 듯한 느낌이 있었나이다.

아, 친애하는 S 씨여! 그대는 무엇을 하고 계십니까? 어서 남북 지방 연주를 마치고 원산 방면으로 가게 되기를 바랍니다. 그러나 예정 일자가 있은즉 아무리 조급히 굴더라도 소용이 없습니다그려! 6월 중순, 지금으로부터 1개월 후입니다. 그때는 연주 여행도 거의 마치게 될 듯합니다. 그러나 그동안에는 도저히 만나 뵈올 수가 없을 뿐만 아니라, 그대의 그리운 글월조차 읽을 수가 없음을 생각하매, 가슴이 서늘해집니다. 10여 일 후면 경성에 도착하겠사오니, 그동안에 부치시는 편지는 모두 우편국에 유치 우편으로 부쳐 주십시오. 그리하면 내가 경성에 도착하는 대로 곧 찾아갈 것입니다.

오, 사랑하는 벗이여! 여관 하인이 저녁밥을 먹으라고 재촉을 합니다. 지금이 오후 6시, 연주가 시작되기까지는 한 시간 반의 여유밖에 없습니다. 이것을 어찌하오리까? 그러나 S 씨! 나는 실상 이와 같은 장문의 편지를 쓸 기회가 많지 못합니다. 일행의 눈에 띄었다가는 우리의 비밀……. 아니, 비밀은 아니더라도 우리의 관계가 폭로될 것입니다. 그러므로 나는 홀로 남아 있을 때를 이용하여 흉중의 일부분을 기록하여 보냅니다.

• 마산 해안

가장 친애한 벗이여! '왜 그러면 수면 시간을 조금 베어 내서 편지를 충분히 쓰지 않습니까?' 하고 질문하지는 마십시오. 육체의 피로는 나에게 이것도 허락하지 아니합니다. 밤에 연주가 끝나면 으레 거의 일정한 규칙과 같이 유지자[21]의 초대가 있습니다. 그러나 이 초대석을 물리칠 수는 도저히 없습니다. 생각해 보시오. 일행 5명 중에서 한 사람이라도 결석하면 주인 측에서 섭섭히 알 것이 아닙니까? 그 까닭에 초대를 받고 여관에 돌아오면 자연히 자정이나 오전 1시경이 됩니다. 그러나 일행은 곧 잠을 자지는 아니합니다. '트럼프(서양 화투)' 놀이가 일과와 같이 으레 벌어집니다. 그러다가 곤한 잠이 닥쳐오는 때에야 비로소 눈을 감습니다그려. 정직하게 말씀드리면, 순회 배우의 생활과 꼭 같습니다. 그러면 낮에는 한가하냐 하면 그도 그렇지는 않습니다. 흔히는 밤에 연주, 낮에 승차 (혹 승선)의 순서로 진행되는 까닭에 일동이 함께 담소할 여가는 충분히 있어도 나 혼자서 붓을 들 기회는 실로 근소합니다.

아, 사랑하는 자여! 또 밥 재촉을 합니다. 그만두십시다. 부족은 하나마 끝이 없을 것이니까…….

– 마산에서 H로부터.

21) 유지자(有志者): 어떤 일에 뜻이 있거나 관심이 있는 사람

제13신

5월 21일, S로부터 H에게.

부산과 마산에서 부쳐 주신 글은 반가이 봉독하였습니다[22]. 아, 경애하고 사모하옵는 H 씨시여! 그동안 여행 중에 안녕히 지내시고 일행들과 K 양께서도 원기 왕성하시어 간 곳마다 예상외의 성공을 하신다 하오니, 무엇보다도 감축한 일이올시다. 6월 중순에는 원산 방면으로 오시겠다고 하오니, 저는 오직 그때가 어서 속히 돌아오기를 손꼽아 기다릴 뿐이오며, 저의 좁은 가슴은 대인난[23]으로 말미암아서 터질 것 같습니다. 그러나 왜 저에게 K 양의 말씀을 더 자세히 해 주시지 않으십니까? 처음부터 말씀하시지 아니하셨으면 그만이거니와 어차피 말씀하신 터이니 더 세밀하게 알려 주십시오. K 양은 쾌활한, 훌륭한 여성이라고 하셨지요? 그러나 그것이 저에게 무슨 관계가 있사오리까? K 양의 쾌활한 성격과 원활한 사량이 당신네 일행에게 활기를 준다 하면, 그것은 무엇보다도 행복스러운 일입니다. 그러나 제 생각에는 성질이 쾌활하다고 모두 평화를 유지함은 아닌 줄 압니다. 사랑하는 H 씨시여! 웃는 얼굴에는 복이 온다는 속담이 있지 않습니까. 그러하지마는 희로애락 간에 덮어놓고 웃기만 해

---

22) 봉독(奉讀)하다: 남의 글을 받들어 읽다.
23) 대인난(待人難): 약속한 시간에 오지 않는 사람을 기다리는 안타까움과 괴로움

서는 일종의 히스테리성이라고 할 수밖에 없습니다. H 씨시여! 당신께서는 쾌활한 여성을 사랑하시지요? 아, 저는 심히 슬픕니다. 왜 나는 쾌활한 성격의 소유자가 못 되었던가…… 하고 한탄할 따름입니다. 저는 지금 당장으로 화필을 꺾어 버리고 화폭을 갈가리 찢은 후, 수도원에 가서 여승이 되든지 그렇지 않으면 자혜원24)에 가서 간호부가 되고 싶습니다.

사랑하는 H 씨시여! 용서해 주십시오! 저는 또 이와 같은 경솔한 말씀을 올려서 당신을 괴롭게 합니다그려. 저는 전에 영어 성명 약자로 인하여 일어났던 슬픈 기억이 아직까지 뇌리에 남아 있습니다. 그러나 저의 편협한 소견으로 가당치도 않은 망상을 하여 K 양께, 또는 당신께 얼토당토아니한 실례의 말씀을 올렸습니다. 저는 이 편지를 찢어 버리고 다시 서두를 시작하여 고쳐 쓰려고 했습니다마는 정직하게 말씀드리면 그것이 오히려 저의 양심을 속이는 것 같아서 내친걸음에 경거망동인 줄은 아오나 이대로 부쳐 올리나이다.

저는 매일 밤낮으로 당신의 일을 생각하고 꿈꾸느라고 저의 작품에는 조금도 성심을 쓸 수가 없습니다. 기탄없이 말씀할 것 같으면 저의 작품은 당신의 혼에 방해되어 완성할 수 없다고 해도 과언이 아닙니다. 오오, 그러나 저는 당신의 일을 생각하지 않고, 또는 당신께 향하는 사랑

24) 1909년 처음 세워진 근대식 국립 의료원인 '자혜의원(慈惠醫院)'을 뜻한다.

의 열정을 희생하고라도 저의 작품만 완성하려고 할 필요가 어디 있사오리까. 작품도 귀하지 않음은 아니올시다마는 사랑 그것에야 어찌 비할 바가 되오리까. 저는 일주일 전부터 석왕사에 와서 날마다 대자연과 함께 교유하나이다. 명미한[25] 산천, 수려한 경개는 갈수록 천혜의 깊고 두터움을 느끼게 하는 동시에, 더욱더욱 고독과 비애를 깨닫게 합니다. 아, 저는 무슨 까닭에 화가(?)가 되었던가요? 왜 음악가가 되어서……. 아닙니다. 이러한 생각은 할수록 더욱 슬퍼질 뿐이올시다.

가장 친애하신 H 씨시여! 저는 석왕본사 뒤에 흐르는 폭포를 화폭 위에 옮기고 있습니다. 그러나 화필을 들 때마다, 무엇보다도 이 폭포 아래에 투신하고 싶은 생각이 먼저 떠오릅니다. 아, 애인의 손목을 잡고 폭포 아래나 성난 파도 속으로 뛰어드는 정인들아! 그대들은 얼마나 행복스러우랴! 무엇이 미흡하여서 이 세상에서 멈칫멈칫하고 있을까? 예술? 생? 그러나 오직 사랑 이외에는 예술도 없고 생도 없다. 사랑 그것만이 예술이요, 사랑 그것만이 생이로다. 그러나 생은 사(死)에서 나오는 것이 아닌가? 옳다, 옳다. 폭포의 밑에는 생의 원천이 흐른다! 뛰어 들어가거라! 뛰어 들어가거라! 이 같은 암시가 끊임없이 저의 뇌리에 번쩍이나이다.

그러나 저는 곧 다시 고쳐 생각합니다. 죽음을 취함은

25) 명미(明媚)하다: 경치가 맑고 아름답다.

사랑에 패배한 자의 최후의 진로라고. 이같이 생각한 후에는 30분이고 40분이고 정성껏 화필을 운용합니다. 그러다가 또다시 전과 같은 부르짖음이 제 몸을 엄습할 때, 저는 넋을 잃고 우두커니 앉아서 죽은 사람과 같이 내리지르는 폭포만 응시하고 있습니다. 이윽고 종달새의 노래에 정신을 차려서 시계를 꺼내어 보고는 날이 이미 저물어 옴을 깨닫고 화구를 주섬주섬 거둬 가지고 여관으로 향하여 어슬렁 걸어갑니다. 이것이 저의 일과와 같이 거의 정규적으로 매일 계속되나이다.

사랑하는 H 씨시여! 저는 당신께서 이곳으로 오시기 전에 저의 작품을 끝내고서 기다리고 있겠나이다. 저는 석왕사 역 앞 XX여관에 머뭅니다. 경성에 도착하시거든 이 편지를 읽으시는 대로 곧 답장해 주십시오. 저녁때면 북풍이 불어옵니다. 그때마다 당신의 바이올린 멜로디가 사랑의 소식과 함께 점점 가까워 오는 듯합니다. 오늘 이곳은 비가 내립니다. 그러므로 온종일 여관에 들어앉아서 『First Love』를 탐독하였습니다. 이 소설의 여주인공 '지나이다'의 성격은 무심중에 K 양을 연상시키나이다. 아…… 그러나 어린 여성의 사랑의 품 안에는 여러 이성 —가령 시인이나 귀족이나 군인이나 순진무구한 청춘소년과 같은—들의 사랑의 독화살이 무수히 꽂혀 있음을 볼 때, 저는 실로 전율하였습니다. 지나이다는 왜 '블라디미르'라는 소년에게 키스를 주어서 그 젊은 피와 살을 마르

• 석왕사

고 시들게 하였을까요? 천진난만한 소년—아니, 유년이라 함이 맞겠지요—블라디미르는 사랑의 승리자인 동시에 패배자이올시다. 지나이다의 키스는 그의 무리 중에서 오직 블라디미르 한 사람이 받았을 뿐입니다. 그러나 지나이다는, 아, 이 아름다운 소녀는 블라디미르의 친부와 연애를 하였습니다그려! 이것이 만일 사실이라 할진대 실로 두려운 현상이올시다. 그러나 여하간 지나이다는 선량한 여성입니다. 그러나 그의 방종한 생애는 결코 그의 말로를 행운으로 인도하지 못했습니다. 아직 끝까지 필독하지 못했으므로 어떠하다고 말씀하기는 어렵습니다마는 저는 많은 교훈과 암시를 이 한 편에서 받았습니다. 오늘은 밤을 새는 한이 있더라도 이 한 편을 필독할 결심이올시다. 끝끝내 건강하시어 더욱더욱 성공하시기를 진심으로 비오며, 이에 붓을 놓나이다.

─석왕사 류(留) S · T

제14신

5월 30일, H에게서 S에게.

가장 친애한 벗이여! 나는 어젯밤 경성에 도착하여 오늘 하루는 휴양하고, 내일 아침 다시 서부 지방으로 출발하려 합니다. 그대의 사랑하는 글은 오늘 아침에 우편국에 가서 찾아왔습니다. 나는 그대에게 노할 만한 권리를 가졌습니다. K 양의 일을 더 세밀히 말하라고요? 무슨 까닭에 내가 K의 성격이나 위인을 더 세밀히 말할까요? K는 쾌활한 여성이라고 말씀했지요? 그것으로써 충분하지 않습니까. 이 이상에는 더 자세히 알지도 못하지요마는 설혹 안다 하기로 남의 성격에 대하여 이러니저러니 하고 비방하거나 칭찬할 필요가 무엇입니까? 이것은 그대의 자백과 같이 오로지 그대의 편협성에서 나온 말씀이라고 할 수밖에 없습니다. 그러나 S 씨! 나의 사랑하는 벗이여! 그대는 왜 그러한 망상을 하고 계십니까? 폭포 밑에 사랑의 원천이 흐른다고요? 아, 두렵습니다! 나는 그러한 철학은 생각하기도 싫습니다. 우리는 다만 있는 힘을 다하여 싸울 따름입니다. 죽음을 취하기에는 너무나 어리지 않습니까. 그대는 섭섭히 생각하실는지 모르겠으나 적어도 나는 대자연을 대적 삼아서 이것을 정복하려고 합니다. 나는 생사에 따라서 연애 그것을 좌우하기도 싫습니다마는 연애의 힘으로 생사를 좌우하기도 싫습니다. 말하자면 사람이란 살아야 하지요. 살아가려면 생의 요소의 한 분자 되는 사랑이 필요하다고 생각할 뿐입니다. 바꿔 말하면 사랑, 그것이 생의 전체는 아니라는 말씀이지요. 문제가 너무 커졌습니다. 그것은 그만두기로 하고, 그대는 지나이다의 말을 했지요? 어떤 여자든지 모두 지나이다의 성격을 칭찬하는 모양입니다마는 나는 결코 그렇지 않습니다. 지나이다와 같이 방종하고 사치스러운 여성은 사랑의 진미를 알지 못하고 한갓 여러 이성과 상종하여 자기의 완롱물을 만들려고 합니다. 그렇건마는 우둔한 남자들은 그 같은 여자를 천신과 같이 경모하여[26] 심지어 그의 손에 뺨을 맞는 것까지도 일생의 영광으로 알지 않습니까. 말하자면 온갖 여성들은 사랑, 그것을 교묘히 이용하고, 남성들은 사랑이라는 우상 아래 노예가 됨에 불과합니다.

사랑하는 S 씨여! 나는 쓸데없는 잔소리를 했습니다. 그대에게 이 같은 말을 하는 것은 너무 심한 듯합니다. 용서하시오. 그대는 근일에 무엇을 하고 계십니까? 아직 작품이 끝나지 않았습니까? 6월 10일경에 원산으로 갈 터이니, 그때는 그대의 그간 작품을 전부 보여 주십시오. 그러나 나는 회화에 대하여서는 아주 문외한이니까, 참맛을 알고 볼 수는 없습니다. 나에게는 연애와 회화가 같은 경지에 있습니다. 회화를 대할 때 하등 감상력이 없음과 같이 연애 그것을 생각할 때도 덮어놓고 좋은 것(어폐가 있을지는 모르지마는)인 줄만 알 뿐이요, 어떠한 것이 진정한 연애인지 절실하게 깨달을 수는 없습니다. 그러나 나에게는 한 가지 자랑거리가 있습니다. 무엇이겠습니까? 나와 그대 사이에 있는 사랑이 진정한 열정의 연애인 줄

26) 경모(敬慕)하다: 우러러 사모하다.

아는 그것이올시다. 그러나 어떠어떠한 이유로 진정한 연애라 하는지, 그것은 물론 알 수 없습니다.

친애한 S 씨여! 나는 바른대로 고백하오리다. 나는 그대의 사랑이 없이는, 그대가 없이는 살 수가 없을 것 같습니다. 연애의 힘에 의하여 생사를 좌우하기 싫다는 먼저 말씀과는 모순이 됩니다마는 사실상 연애의 마력은 나로 하여금 점점 그의 노예가 되게 하니 이상하지 않습니까. 나는 이때까지 여자란 불가사의한 것이라고 생각해 왔습니다마는 지금부터는 연애의 위력을 기묘한 것이라고 생각하게 되었습니다. 이같이 하다가는 결국 애인의 손을 잡고 폭포 아래로 뛰어들게 될는지도 모릅니다. 아니, 벌써 그 정도까지 도달하였다 함이 옳겠습니다.

사랑하는 벗이여! 나는 지금 또다시 미래의 낙원을 꿈꾸고 있습니다. 여러 날 만에 집에 돌아와서 책상 앞에 걸터앉으매 졸업 연주가 끝난 다음 날 나의 심신을 포위하던 그 무엇이 또다시 나의 머리를 엄습합니다. 그러나 나에게는 이때가 제일 행복스러운 때인 줄 압니다. 만일 내 일생에 이러한 때만 항상 계속된다 하면, 나에게는 아무 불평과 아무 불만이 없을 줄 압니다. 여러 날의 긴 여행에서 돌아와 한가롭게 붓을 잡으매 새삼스럽게 피로가 닥쳐와 고단함을 이기지 못하겠으므로, 이에 붓을 놓습니다. 용서하십시오.

－경성에서 H로부터.

애인의 품 안에—

다시 한 말씀 할 것이 있습니다. 남선(南鮮) 지방에서 촬영한 사진이 되었으므로 2, 3매 드리오니 소람하십시오[27]. 사진 이면에는 촬영 일자와 또 되지 않은 시를 몇 구절 썼으니 과히 흉보지나 마시고 읽어 주시오. 나를 사랑하는 것처럼.

―――――――

H와 S의 이야기

S는 금년 24세의 처녀다. 2년 전에 그가 도쿄여자미술학교를 졸업하고, 고향 되는 경성에 돌아온 후 얼마 되지 아니하여 그의 부모는 S의 배필 될 남자를 정해 놓은 일이 있었다. S도 물론 이것을 알았다. (비록 자기가 기껍게 수락은 하지 않았을망정) 그러나 S는 이 핑계 저 핑계 하며 2년 동안을 끌어 왔다.

1년 전의 일이다. S는 어떤 음악 연주회에 구경을 갔다가 경성음악학교 4년생 H의 바이올린 연주를 들은 일이

27) 소람(笑覽)하다: 주로 편지글에서, 보잘것없지만 자기의 것을 웃으며 보아 달라는 뜻으로 겸손하게 이르는 말

있었다. 이때부터 S의 심중에는 H를 사모하는 정이 은근히 일어나기 시작했다. 그러나 그 후로는 다시 만날 기회가 없었다. 그러다가 3개월 후에 (S가 처음으로 H에게 편지를 쓰던 전달이다.) S와 H는 한자리에 앉아 볼 기회를 얻었다.

'장미회'라는 예술가의 모임이 XX정에서 열리게 되었다. 이 모임은 음악가, 미술가, 문학가들의 연합회합이 되었다. 그 회합에는 S도 참석했고 H도 역시 그 자리에 있었다. S는 H의 움직임 하나하나를 유심히 주목해 보았다. H의 쾌활하고도 명랑한 성격에 S는 완전히 마음을 빼앗기고 말았다. 그러나 이날에도 S와 H가 담화할 기회는 없었다. 다만 성명을 통하는 데에 그치고 말았다.

그 후 이 주 만에 S가 XX극장에 구경을 갔다가 돌아오는 길에 극장 문 앞에서 우연히 H를 만났다. S는 은근히 인사를 했다. H도 역시 친절하게 답례를 했다. 마침 향하는 길이 같은 방면이었으므로 두 사람은 몇 마디의 이야기를 나누게 되었다. S는 몹시 주저하던 끝에 H의 주소를 물어보았다. 그러나 H는 아무 별 의미 없이 솔직하게 S의 말에 대답해 주었다.

이때부터다. S의 마음이 불붙기 시작하기는. S의 눈에는 H의 모습이 사라지지 않았고, 그의 귀에는 H의 음성이 아직도 남아 있는 듯했다. S는 오뇌하고, 번민했다. '어떻게 하면 H와 친교를 맺을 수가 있을까?' 하는 것이 S의 머

릿속에 번뇌를 준 유일한 의문이었다. S는 백방으로 궁리
했다. 그 결과로 대담하게도 H에게 먼저 붓을 들었다. H
에게는 아무 상관도 없는, 그뿐 아니라 H로서는 도저히
불가능하다 할 만한 일을 묻고 청해 보았다. 이것이 S와
H 사이에 서신 왕복이 시작된 원인이었다.

그러다가 H가 음악학교를 마치고 졸업 연주에 출연한
날 오후에 두 사람은 XX정에서 밀회(?)했다. S는 자기의
머릿속에 있는 비밀을 끝내 설파하고야 말았다. 지금까지
안온하던 H의 가슴도 S의 달콤한 말 한마디에는 뛰놀지
않을 수 없었다. 두말할 것 없이 H는 S의 손목을 잡고 감
사와 축하의 뜨거운 눈물을 흘리기까지에 이르렀다. 이같
이 하여 두 사람의 정열은 맹렬한 형세로 불붙어 갔다. 그
후로는 가끔가끔 열정이 넘치는 연문(戀文)이 두 사람 사
이에 왕복 되었고, 또 한적한 장소에서 밀회한 일도 여러
번 있었다.

두 사람의 정열은 말하자면 같은 정도로 탔다. 그러나
H의 사랑은 이지적인 동시에 극히 냉담하게 보였고, 이와
반대로 S의 사랑은 완전히 맹목적이었음이 분명했다.

H가 서부 지방의 순회 연주를 마치고 다시 북부 지방으
로 향한 때는 6월 중순경이었다. 그는 함흥, 경성 등지를
순회한 후 석왕사로 S를 찾아갔다. S와 H는 여기서 일주
일 동안이나 함께 지냈다. 청춘 남녀의 첫사랑의 맹렬한
불꽃은 그네들로 하여금 온갖 새로운 감정을 맛보게 했

다. 연애의 요소 될 만한 것은 하나도 빼놓지 않고 모조리 경험하게 되었다. 그러다가 H는 일주일 만에 경성으로 돌아왔다.

S도 오래지 않아 돌아왔다. 그러나 S의 태도가 갑자기 냉담하게 변하여서 이지적인 H도 놀라지 않을 수 없었다. S가 집에 돌아왔을 때는, 그의 부모는 배필 될 K라는 남자와 성례를 시킬 준비를 다 해 놓았다. 결혼식 일시까지 이미 결정되었다. 이것을 안 때, S는 자신의 파멸이 머리 위에 임박하였음을 깨달았다. 그러나 S는 이 파멸로부터 자신을 구출할 용기가 없었다. 전혀 없었다. 그리하여 그는 자기 부모의 명령을 존중하고, 사회의 비난을 두려워하여 유야무야 H라는 자기 연인을 죽여 버리리라고 결심했다. S의 약한 마음과 불충실한 애정—한때는 충실했었다고 할 수도 있지마는—은 H로 하여금 영원한 사랑의 희생자가 되게 했다.

전후 5개월의 짧은 시일 중에서 S와 H의 사랑은 비상한 속도로 응결되고, 비상한 속도로 무너졌다. 그러나 이 5개월이란 짧은 시일의 추억도 H의 심중에는 영원한 비애와 고통의 종자를 심어 주었다.

석왕사에서 돌아온 지 1개월여가 지나도록 S에게서는 일언반구의 소식이 없었다. H는 불안과 회의에 싸여서 밤낮으로 번뇌하고 애태우며 생각했다. 그리하는 동안에 H는 L이라는 여자로부터 S에 관한 이야기를 듣고 자기의 의혹은 일층 격렬해지는 동시에 S의 겁약하고, 무능하고, 열(熱)이 없음을 원망했다. '그러나 설마……' 라는 최후의 기대와 희구를 가지고, 그는 다시 S에게 붓을 들어서 자기의 비통한 마음을 호소했다. 그러나 그것은 영원한 수포로 돌아가고 말았다.

제15신

7월 19일, H로부터 S에게.

가장 친애한 벗 S 씨여! 우리가 석왕사에서 보낸 일주일의 기억은 아직도 뇌리에 생생하게 남아 있습니다. 아, 일생에 잊지 못할 이 행복스러운 일주일! 그러나 우리는 그 짧은 일주일 동안에도 의사 충돌이 많았고, 비애와 번뇌를 깨달은 적도 결코 적지 않았습니다. 그러나 이 같은 비애와 고통은 순간적 의사에 불과하고, 전체를 들어 말할 것 같으면 모든 불행이나 비애까지도 우리에게 행복을 주고야 말았습니다. 나는—그대도 역시 그러하겠지요마는—내 생전에 일찍이 맛보지 못한 온갖 쾌감을 이번에 그대로부터 새로이 경험하였습니다. 아, 따뜻한 악수, 뼈끝이 짜릿한 키스. 그뿐이겠습니까? 온몸이 사랑의 화염 속에서 용해되는 듯한 새로운 경험. 이 모든 것은 나의 가슴속에 깊이깊이 새겨 세운 사랑의 기념비가 되었습니다.

　사랑하는 벗이여! 그러나, 아, 그러나 그대는 왜 슬프다고 합니까? 그대는 무슨 이유로 음울하고 번뇌한 속에서 자기의 일생을 저주하려 합니까? 만일 그대에게 고민이 있고 오뇌가 있고 불평이 있고 비애가 있다 할진대, 왜 나에게는 말하지도 않고 홀로 슬퍼합니까? 그대는 나에게 보여 주마고 한 물건이 있었지요? 그러나 끝끝내 숨기고 비밀 속에 묻어 버리지 않았습니까. 그대는 나로 하여금 뼈끝에 사무치는 슬픔을 맛보게 하려고 함이 분명합니다. 우리 사이에 조그마한 비밀이라도, 아니 조그마한 사실이라도 숨김이 있다고 할진대, 그것은 그대나 나 한 사람만의 비애가 아니요, 동시에 두 사람의 비애의 종자가 될 것이 아닙니까. 그대의 비애와 고통은 나에게 전염된 동시에, 나는 불안과 의혹의 생각을 금하기 어렵습니다. 친애한 S 씨! 내가 한 마디 질문할 것이 있으니 그대는 솔직하게 대답해 주시오. 그대의 사랑, 그대의 열정, 그대의 심신, 그대는 온갖 처녀의 자랑거리를 나에게 완전히 주셨지요? 옳습니다. 이것은 나도 압니다. 그대는 온 우주를 가지고도 나에 대한 사랑, 그것만은 바꾸지 못하리라고 생각하는 줄을 압니다. 그 까닭에 그대는 그대의 자랑거리 되는 온갖 실물(實物)을 나에게 바치고, 나로 인하여 희생하였습니다. 그러면 이것이 그대에게 그다지도 슬픕니까? 나는 이 외에는 하등의 이유도 발견할 수가 없습니다.

　가장 사랑하는 나의 우상이여! 나의 신체[28]여! 나는 벌써 그대의 소유가 되었습니다. 그대가 없이는, 그대와 나 뉘어서는 잠시도 살아갈 수 없습니다. 그러나 나는 슬픕니다. 그대가 슬퍼하는 것보다도 더하게. 그대는 나에게 무엇을 숨길 수 있으리까. 아니, 설혹 숨긴다 하기로 그것이 장구히 계속될 줄 믿습니까? 그것이 장구히 계속되면 될수록 더 많은 비애를 느낄 줄을 모르나이다. 사랑하는 S 씨여! 그대는 나에게서 무엇을 얻고자 하십니까? 무엇을 탐구하셨습니까? 순진무구한 사랑, 그것만이 그대와 나를 계류한[29] 생명의 밧줄이 아니겠습니까. 나는 귀인이 아니요, 부자가 아닙니다. 동시에 명예가 있고 지위가 높은 자도 아닙니다. 그대가 나에게서 명예를 구하고 지위를 얻고자 하셨다면, 물론 낙망하셨을 것입니다. 그렇지마는 그대는, 적어도 내가 아는 그대는, 물질이나 혹은 다른 비천한 야심이나 욕망을 가지고 나에게 귀하고 아름다운 그대의 사랑을 한꺼번에 물 붓듯이 바쳤을 리는 없겠지요? 온 천하를 볼 때 우리의 사랑 이외에는 아무것도 없다고, 또는 온 우주를 주더라도 나의 사랑 그것만은 바꾸지 않겠다고 말씀하지 않았습니까?

28) 신체(神體): 신령을 상징하는 신성한 물체
29) 계류(繫留)하다: 일정한 곳을 벗어나지 못하도록 밧줄 같은 것으로 붙잡아 매어 놓다.

친애한 어린 벗이여! 그대는 아직 의지가 박약합니다. 마음이 약한 자는 언제까지라도 사랑의 승리자는 되지 못할 줄을 깊이 깨달으시오. 우리가 서로 못 만나 본 지가 벌써 40일이나 가까이 됩니다. 그동안 그대는 편지 한 장 한 일이 없었지요? 그대는 붓을 들 용기가 없을 줄 압니다. 밥때에 밥을 못 먹고 잘 때에 잠을 못 자면서, 애수의 독수30)에 신음하고 있는 줄을 압니다. 이같이 말씀드리면 그대는 반드시 놀라시리다마는 나는 어제 어떤 여성을 방문하였다가 그가 전하는 말을 들은 일이 있습니다. (물론 그의 말을 듣기 위하여 일부러 찾아갔었지마는) 그대가 지금 어떠한 지경에 처해 있는지 나는 다 알고 있습니다. 그러하지마는 이것이 누구의 일일까요? 그대의 일인 이상에 오직 그대의 의지 하나로써 해결될 것이 아닙니까? 나는 결코 그대를 원망하지 않습니다. 그러나 그대의 박약한 의지는 심히 밉습니다. 깊이깊이 생각하시오! 이것이 그대의 운명을 결단하는 동시에 나의 운명을 좌우하는 것입니다. 아, 그러나 만사는 휴의로다31)! 그대가 이같이 주저하고 있음이 무엇을 말함일까? 그대의 약한 마음보다도 그대의 사랑이 박약함을 말함이 아닌가! 왜 무슨 필요로 내가 더 길게 붓을 들고 있으리까. 내가 100년간 붓을 들어 호소하고 입을 벌려 슬피 부르짖음보다도 그대의 한

---

30) 독수(毒手): 남을 해치려 하는 악독한 수단을 비유하는 말
31) 만사휴의(萬事休矣): 모든 것이 헛수고로 돌아감을 이르는 말

순간의 의지—얼마나 귀한 것일까—가 족히 우리의 운명을 결단할 것입니다. 언제나 다시 붓을 들게 될는지……?

－H · Y

제16신
7월 30일, S에게서.

떨리는 손으로 붓을 들어서, 일생에 잊지 못할 경모하는 애인께 슬피 하소연합니다. 저는 과연 마음이 약한 여자입니다. '마음이 약한 자여, 너의 이름은 여자로다' 한 셰익스피어의 말이 얼마나 제 좁은 가슴을 쓰리게 하였겠사오리까? 그러나 사랑 그것보다 더 큰 불안과 공포와 경탄과 비애와 고통과 번뇌가, 저의 온몸과 온 마음을 첩첩이 포위하여 육체상에나 심령상에나 말할 수 없는 잔혹한 철편32)을 내립니다. 저는 최후의 용기를 냈습니다. 저 한몸을 희생하여 당신께 죄를 사하고, 제 자신이 벌을 받으리라고. 그러나 우리의 짧은 사랑이 (비록 1, 2개월의 단기일망정 순진무구한바) 당신의 가슴에 깊이깊이 못 박혀서 영원한 상흔을 남길 것을 생각하오면, 저는 실로 머리

32) 철편(鐵鞭): 포교가 가지고 다니던 채찍으로, 자루와 고들개가 쇠로 되어 있다.

카락이 으스스하고 일어서는 것을 깨닫겠나이다. 저는 장차 어디로 가오리까? 무엇을 추구하오리까? 눈물이 앞을 가려 더 쓸 수 없습니다. 저를 사랑하시는 정이 아직도 남아 계시거든 O 양을 한번 찾아봐 주십시오. 아, 폭풍우에 꺾이고, 악마의 독한 발밑에 짓밟힌 저의 사랑의 조그마한 싹이나마 그대로 쓰다듬어 드리오니, 더럽다고 침 뱉지 마시고 차다고 걷어차 버리지 마시옵소서. 제 몸은 비록 마수의 포로가 돼올망정, 당신께서 길러 주시고 귀해하신 마음만은 영원히 당신의 품 안 더운 공기 속에서 꽃을 향하여 날아드는 벌과 나비와 같이 나풀대오리다.

　－당신의 영원한 사랑 속에 잠드는 S·T

　2신. O 양은 신용할 만한 여성입니다. 저를 사랑하시는 마음으로 그를 꼭 찾아 주십시오. 저에 대한 모든 일은 낱낱이 속임 없이 말씀하오리다. 그러시고는 이 죄 많은 어린 계집을 불쌍히 보시어, 한 움큼의 동정하시는 눈물을 아끼지 말아 주십시오. 한 많은 사랑의 추억을 위하여……

제17신

8월 31일. (S와 K의 결혼식 전날) H에게서 S에게.

아! 세상이란 과연 이러한 것일까? 사람의 운명이란 이
같이도 못 믿을 것일까? 만일 그렇다고 할 것 같으면 내
가 이때까지 무엇을 바라고 무엇을 믿고 살아왔더란 말인
가? 허위와 교만, 사치로 가장된 이 세상에게 바보와 같이
속아 왔더란 말인가! 그래도 내 마음속에는 한낱 믿음이
있었고, 한 줄기의 바람이 있었도다. 이것이 나로 하여금
이때까지 살려고 하던 원동력이 되었던 것이로구나!

그러나 내가 이같이 허무한 세상을 적수 삼아서 펄펄 속
아 넘어가면서도 끝끝내 성의를 다하여 온 것이 너무나
어리석지 아니한가. 내가 어리석은 까닭에 세상이 나를
속였나. 혹은 세상이 나를 속이므로 내가 불구자가 되었
나? 하여튼지 간에 내가 어리석음도 사실이요, 세상이 나
를 속인 것도 부인할 수는 없다.

오! 영원한 부상자여! 이같이 허무한 세상과 전투하여
온갖 허위의 독수에 가슴을 찔리면서도 '사랑하는 자여!
너는 나의 우상이요, 신체다' 하고, '그래도 설마……'라
는 어리석은 자의 근성을 뽑아 버리지 못하고 터무니없이
진리를 찾으려던 정황을 생각하면 과연 가슴이 쓰리구나!

온 세상은 나를 보고 어리석은 자야, 약자야, 비겁한 자
야, 무능력한 자야 하고 욕하고 조소하더라도, 나는 네 앞

에 굴복하고 네 신코[33]에 입 맞췄도다. 나는 과연 어리석은 자다. 동시에 비겁하고 무능력한 자다. 나는 이만한 모욕과 조소를 받으면서도 눈을 감고 묵상할 여념이 없으리만치, 그만치 너에게 애착심이 강대하였었다.

어떤 때 나는 이러한 말을 한 일이 있다. "이 세상에 내가 가장 사랑하고 믿는 것은, 오직 너 하나뿐이라"고. 과연 나는 너 한 사람만을 온 우주와 바꾸자 해도 응하지 않으리만치 신뢰하고 사랑하였었다. 내 눈에는 오직 너 한 사람이 전 세계요, 대우주로 보였었다. 네가 없는 세계는 내 눈에 보이지 않았고, 너를 제한 우주는 내 마음에 비치지 않았었다.

아, 그러나 지금까지의 너의 모습은 내 눈앞에서 떠나가고 내 마음속에서 사라졌구나! 어떤 사람의 말인지는 모르겠다마는 연애에는 세 가지 감정이 있다고? 홀로 있으면 비애요, 둘이 있으면 쾌락이요, 셋이 있으면 질투라고! 옳다, 지금 나는 어떠한 지경에 있겠느냐? 비애에 슬피 부르짖고 있겠느냐, 쾌락에 기뻐 뛰놀겠느냐?

물론 내 마음에는 질투라는 것은 없다. 질투라는 것은 오직 똑똑한 사람의 전유물이다. 그리고 또 쾌락도 없다. 그러나 내가 아는바 쾌락은 너희들이 욕구하는 쾌락, 그것과는 판이하다. 그같이 단순하고 건조함을 의미함은 아니다. 내가 아는바 쾌락은 적어도 비애에서 나온—비애의

33) 신코: 신의 앞쪽 끝의 뾰족한 곳

사랑하는 벗에게   145

결정(結晶)인—일종 불가사의한 것이다. 많은 눈물과 한없는 슬픔과 긴 한숨과 큰 희생이 미화된 것이다. 이것들의 수확물이다. 너는 무슨 재주를 가졌길래 눈물도 없고, 슬픔도 없고, 한숨도 없고, 희생도 없이 한갓 쾌락의 진미를 맛보려 하느냐?

나는 확실히 비애에 흐느끼고 있다. 가슴이 찢어지고 피가 얼어붙을 만한 비애에. 그러나 나는 결코 수확을 바라거나 미화하기에 힘쓰지는 아니한다. 다만 무슨 셈인지도 모르고 한없이, 끝없이 슬피 부르짖을 뿐이다. 한갓 나는 지금 느끼는 이 비애가 나의 일생에 끊임없이 계속되기를 바라고 있을 뿐이다.

나는 지금부터 먼 미래를 상상한다. 물 위의 부초와 같이 갈 데 올 데 정처 없이 떠돌아다니다가 인적은 끊기고 초목은 싹이 없으며 남북극의 세찬 바람은 살을 에고 일망무제하여[34] 수륙을 분별할 수 없는 얼음 벌판 위에 사랑에 주린 창자를 부둥켜 쥐고 변함없는 비애의 눈물을 흘리며 모로 누웠을 때, 높고도 다시 높은 창공에는 섬광이 반짝거리는 무수한 작은 별들이 코웃음을 치는 듯이 나를 내려다보면서 어리석은 자야, 약자야, 비겁한 자야, 무능력한 자야! 하고 조소할 때 '옳다, 옳다, 네 말이 옳다. 나는 어리석고 약하고, 비겁하고, 무능력하다. 그렇지

---

34) 일망무제(一望無際)하다: 한눈에 바라볼 수 없을 정도로 아득하게 멀고 넓어서 끝이 없다.

마는 이 세상에는 나 이상 재주 있는 자도 없고, 강자도 없구나!' 하고 목 속의 가냘픈 음성으로 힘없이 조잘대다가 고요히 눈을 감을 것을……

—1922년 3월

물
거
품

물거품

Y는 중학교를 마친 후에 금전상의 관계로 S에게 장가를 들었다. 그 당시에 Y의 나이는 17세요, S는 그보다 4년이나 연상이었다.

아무 이해 없고 아무 애정 없는 부부의 생활은 그럭저럭 4년 동안이나 무사히 계속되었다. Y가 21세 되던 해 정월이었다. 그는 어떤 독지가[1]의 후원을 얻어서 자기가 공부하던 의학교를 중도에 퇴학하고, 일본 도쿄로 유학을 가게 되었다. 그때까지도 Y는 가정에 대한 자기의 책임이라든지, 아니면 부부간 애정의 여하에 대하여서도 아무런 생각도 할 여념이 없었다. 그는 다만 온 마음을 쏟아 학문하는 단순한 일개 학생에 지나지 않았다.

1) 독지가(篤志家): 남을 위한 자선 사업이나 사회사업에 물심양면으로 참여하여 지원하는 사람

그러나 본시 Y가 지망하던 학과는 의학이 아니요, 미술이었다. 그러므로 그는 도쿄에 건너가는 길로 도쿄미술학교 서양화과에 학적을 두게 되었다.

원래 자기의 가세가 풍족하지 못하여 제가 하고 싶은 것을 마음대로 하지 못하던 Y는 천행으로 유력한 후원자를 얻게 되매 그는 용기백배하여 전심으로 미술 연구에 몰두했다.

3년이 무사히 지나갔다. Y는 3년급에서 4년급으로 진급하기 위하여 학년 시험을 치르는 중이었다. 바로 시험이 시작된 다음 날에 도쿄 유학생 사이에서 일종의 민족 운동이 발발되어 어느 누구를 막론하고 일제히 동맹 휴교하기로 했다. Y도 역시 이 운동에 참가한 한 사람이었다.

그들은 그날부터 행장을 차리기에 분주했다. Y도 역시 남과 같이 행장을 차려 귀국하지 않을 수 없었다.

....(1행 삭제)
결석원서 같은 것은 제출할 여념이 없었다. 그러므로 Y는 시험을 치르다 말고, 이 말 저 말 없이 고국으로 돌아와 버렸다.

또다시 1년이 지났다. ....
....
....
....
....(5행 삭제)

물거품

조선 전체에 그 기세가 미쳐서 맹렬했다. 공부하던 학생들이 전부 학업을 폐함은 결국 소극적이요, 적극적이 아니라고 생각했다. 그래서 귀국했던 학생 대부분은 1년 후에 다시 도쿄로 건너가게 되었다. Y도 또다시 도쿄를 향하여 출발했다. 그러나 그의 유일무이한 후원자는 이번 운동에 척후의 희생이 되어 옥중에서 신음하게 되었다. 그것은 Y에게 적지 않은 실망과 타격을 주었다. Y는 학비얻을 길을 잃은 후 주인 잃은 사냥개와 같이 올지 갈지를 모르게 되었다. 그러나 그는 자기 손으로 고학을 해서라도 기어이 성공을 하리라고 굳게 결심했다.

아아, 그러나 운명의 손은 청년 미술가의 앞길을 저해했다. 급기야 학교에 가 보니, Y는 학적부에서 이미 제명이 되어 있었다. 1년 동안 무단 결석한 것이 원인이 되어 절대로 복교 시킬 수 없다는 학교장의 말이다. Y는 여러 번 탄원하고 호소했다. 그러나 학교 당국의 말은 시종일관했다. Y는 절망했다. 그러나 그가 비록 학교를 마치지는 못했을망정 실력에 있어서는 결코 졸업생들만 못하지 않음을 스스로 믿었다. 그리하여 그는 독학하여서라도 자기의 예술을 대성하리라고 결심했다.

바로 그때부터다. Y가 방랑 생활을 시작한 것은. 그는 경제상으로 후원자를 잃고, 또 자기의 학교에서 제명되자, 비록 그의 결심이 굳다 하더라도 자기의 처지와 만난 때를 비관하지 않을 수 없었다. 그는 이같이 생각했다.

• 도쿄미술학교

....

....

....

....

....

....(6행 삭제)

  '아아, 그만두어라!' 하는 탄성을 길게 발하고, Y는 화구 상자를 어깨에 둘러멘 후 적수공권[2]으로 정주 없이 방랑해 돌아다녔다. 그러나 1년 동안의 방랑 생활은 그에게 큰 에너지와 분투의 힘을 주었다. 그리하여 그는 고국에 돌아가서 힘과 정성을 다하여 자기의 예술을 발휘하리라고 결심한 후, 1년 동안의 수확물과 재학 당시의 습작품을 모아 가지고 경성으로 돌아와서 개인 전람회를 공개해 보았다. 경성에는 소위 미술가라고 자처하는 장발객(長髮客)들이 꽤 많이 있었다. 그러나 개인 전람회라는 것이 이번이 처음이요, 더구나 Y는 모학교 출신이라는 직함이 없는 까닭에 사회의 반향은 예상하던 것보다는 훨씬 적었다.

  오나가나 실패다. Y는 또다시 낙망했다. 이 사회는 아직까지도 군벌주의로구나, 하고 깊이깊이 느꼈다. 실제 그러했다. 학교 졸업증서를 가지지 못한 Y에게는 중학교 미술 교사라는 싼값의 지위도 주지 않았다. 실상 Y로 말

2) 적수공권(赤手空拳): 맨손과 맨주먹이라는 뜻으로, 아무것도 가진 것이 없음을 이르는 말

154

하면 그 같은 야비한 욕망은 가지지도 않았지마는, 사회 일반이 이다지도 냉담하고 몰이해함을 볼 때에 Y는 가슴이 서늘하고 뼈가 녹는 듯한 느낌을 막을 수 없었다.

오오, 너희 무지몽매한 백성들아! 어젯날 깊이 든 잠을 깨치고 일어나라. 배고픈 자는 밥을 찾고, 목마른 자는 물을 달라고 하지 않느냐? 당장에 자기 배나 터지도록 채우고, 방광이 미어지도록 물을 마시고는 이것으로써 만족하여 유유자적하는도다! 불쌍한 무리들아, 캄캄한 속에서 헤매고, 고독의 슬픔에 슬피 우는 자들을 보라. 그들은 목이 터지도록 부르짖고, 발바닥이 해지기까지 헤매더라도 얻을 것이라고는 고통과 오뇌와 불평과 다툼밖에는 아무것도 없도다. 오오, 불쌍한 백성들아. 저기에 한 줄기 서광이 비침을 너희들은 왜 보지를 못하는가? 그것이야말로 우리 인류를 도탄 중에서 구출할 영겁의 생명의 빛이 아닌가! 눈 있는 자여, 볼지어다. 나의 얼굴에 피땀이 흐르고, 나의 혈관에 피가 뛰어놂을.

Y는 심중에 이같이 부르짖었다. 이해 없는 사회와 냉담한 인심을 원한하는 한편으로, 그네들을 생명의 진리 앞으로 인도할 자는 오직 자기뿐이라고 자신했다.

———————

흰 구름은 무럭무럭 피어올라서 높은 산과 기이한 봉우리

• 장안사

를 공중에 그리고, 시냇가의 푸른 버들가지에는 꾀꼬리가 노래하며 깃들일 제, 금강산 유람객들은 경원선 열차가 뿌듯하도록 매일 밤낮 끊임없이 잇따르던 어떤 해 첫여름의 일이다. 구룡폭포 아래에는 남루한 청년 화가 하나가 삼각의자에 몸을 싣고 앉아서 내리쬐는 땡볕 아래에서 화폭에 유화 붓을 종횡하고 있었다. 머리에는 테 넓은 밀짚모자를 눌러쓰고 그 밑으로는 중병 치르고 난 사람의 머리와 같은 장발이 삐죽삐죽 삐져나왔다. 이 청년으로 말하면 거의 한 달 동안이나 금강산 유람객들의 이야깃거리가 되던 소위 '방랑 화가'다. 한 달 동안 그린 화폭은 크고 작은 것이 10여 개나 되었다. 그는 매일 쉬지 않고 산모퉁이나, 바위 아래나, 물가에나, 수풀 속에서 하늘이 지으신 대자연과 마주 대하여 앉기를 일삼았다. 그리하여 그의 열정으로 된 작품은 장안사 호텔 대광장 사이에 걸어 놓고 오고 가는 유람객들의 동정을 구하였다. 그러나 여비 관계로 그랬든지 또는 미술 보는 눈이 어두워서 그랬든지, 이 작품에 평가를 해 주는 자는 극히 적었다. 만일 이 화폭이 파리 전람회에 출품되었던들 상당한 경의와 평가를 받았을 것은 정한 일이다. 이러한 일을 생각할 때마다 Y는 한심하고 통탄함을 마지않았다.

　어떤 날 황혼 때다. 그가 유숙하던 승방3)에는 불의의 사건이 갑자기 발생했다. 다른 것이 아니다. 구룡폭포를

3) 승방(僧坊): 승려가 불상을 모시고 불도를 닦으며 교법을 펴는 집

그리고 있던 '방랑 화가'가 그 폭포 아래에 투신했다는 말이다. 승방에 머물던 사람들을 위시하여 오고 가던 유람객들은 모두 다 이 소식에 귀를 기울였다. 그러나 그것은 한갓 일시적 호기심을 충동시킴에 지나지 않았다.

그해 가을이다. 소위 유지자들의 발기로 고인의 생전 작품을 수습하여 경성 미술관 계상4)에서 Y 군의 작품 전람회를 열었다. 이 소문이 시내에 미치자, 남녀노소 대중은 일종의 호기심에 팔려서 매일 응대에 분망하리만치 몰려들었다. 미완성작인 〈구룡폭(九龍瀑)〉은 어떤 젊은 여자에게 500원에 매도되고, 다른 작품도 하나둘씩 전부 다 팔렸다. 그중에도 제일 주목할 만한 것은, 〈석모(夕暮)〉와 〈욱일(旭日)〉이라는 두 폭의 그림이 경성 주재 프랑스 공사의 손에 2,000원이라는 고가로 예약된 것이다. 그리하여 관중은 새삼스럽게 '방랑 화가'의 비범한 천재(天才)를 감탄하며, 그의 일생을 추억하여 동정의 눈물을 흘린 자도 적지 않았다. 그러나 이 세상에는 허위와 겉치레 외에는 아무것도 없었다.

———————

아마 10년이나 지난 후의 일이다. 파리 미술관에서는 세계적 미술 전람회를 공개한 일이 있다. 거기 출품한 작가

4) 계상(階上): 섬돌이나 층계 위

• 구룡폭포

들은 모두 세계 일류의 미술가들뿐이었다.

심사 성적을 발표한 결과, 일등 입선된 작품 12점 중에는 조선의 무명화가의 작품 〈석모〉가 입선되었다는 사실이 당시 파리 각 신문에 발표되었고, 뒤를 이어서 세계의 유수한 신문에 일제히 보도되었다. 이것은 10여 년 전 경성에 주재하던 프랑스 공사 모 씨의 호의로 '방랑 화가'의 유품을 그 전람회에 소개했던 것이다. 이 사실을 안 경성 인사들은 놀라는 동시에 부끄러움을 금치 못했다. 그러나 이 영광스러운 역사도 유야무야 중에 매장되고 말았다.

아아, 지하에 묻힌 고인의 영은 만족한 웃음을 지었을지!

—1922년 12월

살
아
가
는
법

살아가는 법

"인생이란 돌아가는 필름과 같아. 인생의 일생에는 희로 애락이 수시로 변하며 날로 거듭하네. 인생 사회에 일어 나는 온갖 희비극은 이것이 곧 인생의 생활 방법일세. 그 러나 비극의 주인공이라고 모두 불행한 자는 아니요, 또 희극을 연기한다고 모두 행운이 있는 자는 아닐세. 모름 지기 질족자선득[1]이라는 말과 같이 남보다 발 빠르고, 남 보다 영리하고, 남보다 강력하고, 남보다 우수한 자라야 만 자기 집의 생명 안전을 잘 지켜 나가는 것일세. 그러나 사람이라는 우매한 동물들은 다른 동물이 감히 상상치도 못할 만한 기발하고 열악한 장난을 하여 귀를 즐거이 하 고, 눈을 기쁘게 하는 것일세. 이런 기발하고 무류한[2] 헌

1) 질족자선득(疾足者先得): 날랜 사람이 목적물을 먼저 차지한다는 뜻으로, 어떤 일을 먼저 성취하는 사람을 비유해 이르는 말

상이 끊임없이 계속되는 동안에는 인생은 쾌락이란 것을 맛보는 것일세. 이것이 문명이고, 진보라네. 우습다면 우습기도 하고, 어리석다면 어리석기도 하지……."

하고 A는 자기 친우들과 모였을 때 이같이 말했다.

"여보게, 그것은 다시 말할 필요가 무엇인가. 우리의 사회라는 것은 본시 커다란 경기장일세. 자네 일전에 ○○학교 운동장에서 열린 축구 대회에 구경을 가지 않았었나. 자네들은 그것을 무엇으로 보았나? 참 기발한 현상일세. 그날은 전날 밤부터 쏟아지던 대설로 인하여 운동장에 쌓인 눈이 척3)여에 이르지 않았었나. 아마 날씨도 무던히 추웠지. 그렇건만 다리가 절구통같이 굵고 키가 9척 장승같이 큰 젊은 애들은 아래 웃통을 벌거벗다시피 하고, 자기네 손으로 그 눈을 모두 치운 후 동분서주하며 혈안이 되어 철각4)으로 자웅을 겨루는 경기를 시작하데그려. 어느 누구든지 그들 중 한 사람을 보고라도 이게 무슨 어리석은 장난이냐고 할 것 같으면, 그는 곧 생사를 결단할 작정으로 달려들 것일세. 그네들의 심중에는 이것이 곧 자기네의 천직이라고 생각하는 까닭일세. 무슨 어림없고 지각없는 짓이란 말인가. 여보게, 그나 그뿐인가. 그 주위에 둘러선 관중들을 좀 생각해 보게. 위아래 이뿌리는 발

2) 무류(無類)하다: 뛰어나서 견줄 데가 없다.
3) 척(尺): 길이의 단위. 1척은 한 치의 열 배로 약 30.3cm에 해당한다.
4) 철각(鐵脚): 쇠같이 튼튼하고 굳센 다리

• 경성 운동장
• 일제 강점기 축구 대회 모습

작적으로 경련하여 맞붙이려 해도 맞붙지 않으리만치 떨리고, 두 다리는 몹시 얻어맞은 개 다리 떨리듯이 벌벌 떨면서 꽁꽁 언 두 손을 입에 대고 혹혹 불면서도 오히려 이것을 재미있다고, 유쾌하다고, 용맹하다고, 사람답다고 온갖 인위적 찬사를 아낄 줄도 모르고 일제히 발하네그려. 무슨 어리석고 못생긴 짓이란 말인가. 사람의 못된 근성이란 두말할 것 없이 이러한 것일세. 제집에서 제 처자가 꼭 소용이 있으니 돈을 몇 닢 달라 하면 눈코를 부릅뜨고 호령호령하네. 그런 자들이 이런 구경이라면 물불을 헤아리지 않고 달려드네그려. 입장료는 얼마가 되든지 간에…… . 도무지 인생이란 것처럼 허위인 것은 없어…… ."

하고 열변을 토하는 자는 A 옆에 앉아 있던 뚱뚱하고 체구가 작은 B라는 남자다. 이 말에 계속하여 C, D, E……들은 중구난방으로 떠들었다. 발언권은 마침내 C에게 차지되었다.

"그러니까 한마디로 말하면 인생이란 것은 어떠한 한 모퉁이에만…… 가장 어리석고 못생긴 곳에…… 두뇌가 발달된 것이란 말일세. 말하자면 이 같은 기발하고 열악한 현상을 보지 못하고는 적요, 무미함을 깨닫는다는 말이지…… . 일전에 비행기가 와서 비행을 한다고 온 시중이 열탕 속에 든 것과 같이 벌컥 뒤떠들지 않던가. 이것은 축구 대회 이상의 골계(滑稽)일세. 새가 나는 것을 볼 때는 총을 쏘아 떨어뜨려서 그 악취 나고 비릿비릿한 피와 고기를 삼키는 자들이 비행기라는 불완전하고 자연을 무시하는 마물을 볼 때는 입을 벌리고 혀를 내두르네그려. 조화옹이 이 꼴을 본다면 실로 쓴웃음을 지어 마지아니할 것일세. 만일 공중을 종횡으로 비상하는 날짐승을 보지 못했던들 그네들은 비행이란 '비' 자도 생각지 못했을 것이지마는, 기벽을 가진 인생들은 머리를 썩혀 가며 연구니 실험이니 해서 몇천 년 만에 겨우 비행기라는 마물을 만들어 가지고는 승천입지[5]나 할 듯이 뒤떠드네그려. 그보다 더 우스운 것이 있지 아니한가. 공중에 솟은 지 불과 몇 척에 보기 좋게 추락이 되네그려. 그리할 때는 무슨 기체에 고장이 생겼느니, 무슨 공기의 밀도가 어떠니 하고 죽을 때 죽더라도 그 과실은 자기 이외의 것에 미뤄 버리네. 그러면 새도 나래를 상할 때가 있고, 원숭이도 나무에서 떨어질 때가 있는데, 비행기라는 부자연한 인공물이 어찌해서 떨어지지를 않겠나……. 그래, 공기의 밀도가 항시 균등할 줄만 알고, 기체의 발동이 완전무결할 줄만 알았더란 말인가. 문명이 극도에 달하면 그 결과는 모두 이러한 것일세. 문명인들은 말할 때마다 이르기를 '생명 보전'이라 하지마는 이런 말도 못 해 보던 원시인들은 무병장수만 잘하데. 우매한 인생들은 자기를 자기 손으로 파멸하면서도 오히려 염치없이 '생명 보전'이니, '자가

5) 승천입지(昇天入地): 하늘로 오르고 땅속으로 들어간다는 뜻으로, 자취를 감추고 없어짐을 이르는 말

번영'이니 하고 떠드네그려. 실로 어리석기 짝이 없는 일 일세."

벌써부터 말을 하려고 입을 벙긋벙긋하고 있던 D는 이 제서야 기회를 얻어서 입을 열었다.

"사네들의 주징은 모두 합리적 고론탁설[6]일세. 그러나 그것은 한갓 공론에 지나지 않은데야 어찌하나. 이것이 인생의 '살아가는 법'이 된 이상에야 또한 인생의 진리라 고도 할 수 있지 않은가? 이론과 실제는 어느 때든지 합일 이 되지 않는 것일세. 물론 자네들의 안목으로 보면 인생 이란 일개 허위물에 지나지 않겠지마는 우리도 역시 '인 생'이란 관사를 쓴 이상에야 하나님의 일은 못할 것이 아 닌가?"

"옳다. 그 말이야말로 진리다! 실용적이다! ……… 이 사람들아, 배가 봉긋하거든 잠이나 자소. 그만큼 떠들었 으면 시장할 듯도 한데……?"

하고 이번에는 E가 말했다. 그들은 이구동성으로 "나도 역시 시장한데……" 하고 서로 쳐다보며 말했다. 그들은 매일 밤에 이같이 모여서 쓸 말, 못 쓸 말 함부로 지껄이는 일이 상례가 되었다.

밤은 이미 늦었다. 벽에 걸린 괘종시계는 오전 1시를 알 렸다. A, B, C들은 또다시 입을 벌려서 아까 하던 말과 같 은 의미의 말을 지껄이다가 이윽고 A는 껄껄 웃으며 주머

6) 고론탁설(高論卓說): 수준 높은 논쟁, 뛰어난 의견을 비유하는 말

니 속에서 궐련을 꺼내 들고 불을 댕겨 두세 모금 빤 후에,

"오늘은 너무 늦었으니 그만 일어서지……. 어디 가서
배 속을 메꿔 볼 계산이나 하세……."

일동은 A의 말에 찬동했다. 그들은 종잇조각에 금액
을 적은 후에 이것으로 제비뽑기를 했다. 이 방법은 그들
이 매일 밤에 행하는바 소위 '0 뽑기'라는 것이다. 제비 중
'0'을 뽑은 자가 사무관리인이 되는 것이다. 이날은 C가
'0'을 뽑았다.

그들은 중국요릿집으로 갔다. 30분쯤 지난 뒤에 주문
했던 중국 음식이 '장꼬로7)'의 손에 요리되어 그네들 앞
에 나왔다. 그들은 양껏 흠씬 먹었다. 취기는 전신에 돌았
다. 아편 중독자가 모르핀 주사를 맞은 듯이 그들의 심신
은 후줄근해져서 벌써 만사가 태평이라는 안락한 경지에
이르렀다. 이윽고 C는 주머니 속에서 인단(仁丹)이라는
소화제를 꺼내서 10여 알이나 삼켰다. 그러고는 만족한
얼굴로

"에, 너무 과식을 했는걸……."

하고 말했다. B, D, E……들도 또한 과식을 했다고 인
단을 얻어먹었다.

A는 한구석에 주저앉은 채로 아무 말도 없었다. 그러나

---

7) 청대의 한인들이 만주족 황제 앞에서 자신을 낮춰 '노재(奴才)'라 부른 것을 일
본인들이 보고, '청나라의 노예'라는 뜻으로 '청국노(淸國奴)'라 부른 말이 건너온
것이라 전한다. 즉 중국어 발음 '청궈누'를 일본인들이 '찬코로(ちゃんころ)'라 말한
것. 이 말이 한국에서 '짱골라'로 변질되었다고 한다.

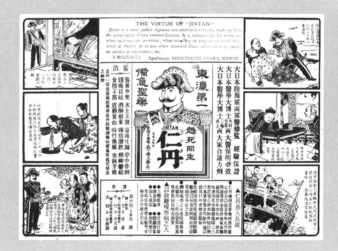

• 인단 광고

그들은 A의 행동에 그다지 주의하지는 않은 것 같았다. 이윽고 그들은 헤어지려고 일어섰다. 그러나 A는 여전히 고개를 숙이고 앉아 있었다. 아마 그는 너무 몹시 취했던 모양이다. 그는 여러 사람의 부축으로 간신히 일어서더니, 아아, 큰일이다! 오래지 않아 그는 조금 전에 먹었던 것을 그대로 토했다. 일동은 떠들썩하게 법석을 떨었다. 그러나 다행히 큰일에는 이르지 않았다. 이때 삐죽삐죽 웃고 있던, 극히 무거운 입에 말 없는 성격의 소유자인 B는 일동을 보고 비웃는 듯한 어조로 말했다.

"그것 보게! 내 어쩐지 자네들의 철학은 위태한 듯싶데……. 배가 고프면 고프다고 야단. 먹고 나서는 과식을 했다고 법석……. 그것이 인생의 진리란 말인가? 작작 먹지. 한 끼니쯤 굶어서 죽지는 않겠지? 사람이란 그러한 것일세. 내 말이 진리요, 철학이니……."

일동은 박장대소했다. 그 후에도 매일 밤에 이 같은 회합은 그들 사이에 여전히 계속되었다.

—1922년 12월

회
개

회개

1

"아아, 별별 무서운 일도 많다! 그래도 꿈이길래 다행이지, 생시에 그런 변을 당했더라면 참 큰일 날 뻔했다."

하고 김만식(金萬植)이는 지금 꿈속에서 당하던 일을 다시 한 번 생각해 보면서 혼잣말로 중얼거렸다. 그의 얼굴은 창백하게 질리고 이마에서는 식은땀이 뚝뚝 떨어졌다. 그는 지금 꿈속에서 당하던 일을 잊어버리려고 무한히 애썼으나 도무지 역력한 그 기억, 몸서리쳐지는 그 공포는 뇌리에서 떠나지 않았다. 풍증 있는 사람과 같이 온몸은 벌벌 떨리고, 수족의 경련은 그치지 않았다. 만식의 등 뒤에서는 태산도 꺼지게 할 만한 무쇠 같은 팔이 그의 두 어깨를 누르는 것 같았고, 무한한 권력 있는, 외치는 소리가 벽력같이 머리 위에 떨어지는 듯하여 벌벌 떨리는 입술을 다물지도 못하고, 무의식 한가운데서 여전히 중얼거렸다.

"아아, 악한 짓이란 못할 것이다. 악한 일은 죽는 한이 있더라도 결코 아니 할 것이다. 나도 부모의 혈육을 받아 가지고 이 세상에 태어날 때는 남부럽지 않으리만치 인생의 모든 요건을 갖춰 가졌지마는 어찌해서 이 같은 죄악의 짓을 하게 되었던가! 내가 악하냐? 세상이 악하냐? 아아, 무서워, 무서워! 생각만 해도 이가 북북 갈린다. 부모가 악한 자식을 낳았을까, 혹은 이 사회가 악한 구렁텅이로 나를 유인해 넣었을까? 아아, 또 저기서 칼 찬 사람이 쫓아오네! 아아, 이를 어찌하나! 무섭다, 무섭다! 이번에는 별수 없지. 붙잡히나 보다. 자, 잡아가려거든 어서 잡아가거라. 운명에야 나인들 어찌하랴……. 아아, 또 그 지긋한 악몽을 꾸었구나!"

하며, 만식은 이마에서 떨어지는 구슬 같은 식은땀을 손바닥으로 씻어 내며 벌떡 일어나서 사방을 둘레둘레 본 후, 옆에 놓인 보퉁이를 어깨에 둘러메고 없는 용기를 있는 것까지 다 내어 정한 방향이 없이 달아났다. 밤은 깊어 삼경이 지나고, 길에는 인적이 끊겼는데, 다만 이따금 개 짖는 소리가 멀리서부터 구슬피 들려올 뿐이었다. 만식의 귀에는 개 짖는 소리까지도 자기를 잡으러 오는 악마의 부르짖음과 같이 들려서, 이제는 달아날 용기가 없이 길 모퉁이에 쓰러진 채로 그날 밤은 아무 정신 모르고 혼돈 상태 중에 지냈다.

잠이라고 깬 때는 첫새벽 5시경이었다. 아침 햇살이 동쪽에서 비쳐 올라오매 온 세상에 덮였던 암흑의 막은 서서히 걷히고 한 줄기 생명 있는 서광이 비쳤다. 만식은 눈을 떠서 사방을 둘러본 후 다시 일어나서 옆에 놓인 보퉁이를 보고는 또다시 간담이 서늘해짐을 깨달았다. 아직까지도 전신의 경련은 그대로 남아 있었다. 만식은 보퉁이 위에 주저앉은 후 너풀너풀하는 머리를 축 떨어뜨리고 무거운 고개를 힘없이 수그린 후 또 무엇을 혼자 중얼거렸다.

"참, 이 세상은 야속도 하다. 이 넓고 넓은 세상에 죄 없는 이가 누구랴마는 그래도 나의 일신을 용납할 곳은 없구나! 아아, 무정한 세상! 이 세상이 멸망할 때까지는 너희들의 죄악은 날로 더해 갈 뿐이로구나.

아아, 무서워, 무서워! 또 저기서 악마와 같이 칼 찬 사람이 쫓아오는구나! 그놈의 발자국 소리가 아직도 귀에 남아 있는 것 같구나! 아아, 이 세상 백성들아, 악한 일은 하지 마라. 네 몸이 타고 남은 재가 되는 한이 있더라도 죽음으로써 악을 대신하라. 예수교도들이 밤낮 찾고 부르는 하나님이 정말 계시거든 제 죄를 용서하십시오. 그리고 이 죄악의 세상을 하루바삐 멸망시켜 주십시오. 인류를 저버리고 도덕을 그르친 죄악의 구렁에서 다만 잠시라도 이 몸을 구출해 주십시오. 아아, 지긋도 하다. 저것이 무엇인가? 저 유령! 악마! 귀신! 사탄! 아아, 용서해다오, 용서해다오. 나를 원망치 말고 이 세상을 저주해라. 이 세상은 죄악의 세상, 악마의 구덩이. 선한 자는 필경은 이 악마의 손에 잡혀 죽는 이 두려운 세상. 오오, 하나님이여, 공자여, 석가여래여, 예수여, 마호메트여, 어서 바삐 이 세상을 멸망시켜 주십시오. '노아'의 홍수 이상의 천벌을 내려 주십시오.

아아, 사람이란 무엇을 하려고 이 세상에 났으며 무엇을 바라고 이 세상에서 사는가? 먹으려고 사는가, 살려고 먹는가? 왜 죄악 많은 이 세상 사람들은 먹지를 못하여 부등부등 애를 쓰나. 사(死)! 멸망! 파괴! 이외에 무엇이 또 있을까? 죽음에서 무엇이 나오며, 멸망으로 무엇을 만들며, 파괴가 어떠한 산물을 주는지 왜 모를까?

아아, 모른다, 모른다. 나는 모른다. 나는 일찍이 배운 것이 없고 들은 것이 없다. 나는 이때껏 애정을 맛본 적이 없고, 쾌락을 즐겨 본 일이 없다. 오오, 지하에 계신 부모님! 저는 어머님 아버님께서 생존하셨을 때 두 분의 무릎 위에 앉고, 따뜻한 품 안에 싸였을 적밖에는 다시는 애정을 맛본 일이 없고, 그 외의 따뜻한 행복이나 쾌락은 누려본 일이 없습니다. 어머님! 아버님! 저는 지하에 가 설지라도 부모님을 뵐 낯이 없는 큰 죄인이로소이다. 이 세상이 모두 저를 미워하고, 저도 이 세상을 원망합니다. 제 생각에 어머님과 아버님 두 분 이외에는 넓고 넓은 이 우주 간에 선한 사람이라고는 한 사람도 보이지 않습니다. 이 죄악 많은 세상에 처한 제가 어찌 홀로 선한 사람 되기를 바라오리까. 옳습니다, 옳습니다. 저는 죽습니다. 저는 이 세상과 함께 멸망합니다. 어머님! 아버님! 저는 부모님의 귀한 피와 살을 받아 가지고 이 세상에 떨어진 이후로 악마의 독수에 사로잡히고 말았습니다.

아아, 지긋지긋하고, 무시무시합니다.

아아, 또 너희들이 나를 잡으러 오는구나! 죄인아! 악마야! 죄인이 어찌 죄인을 벌한다는 말이냐! 나를 꾸짖고 나에게 벌을 줄 이는 오직 지하에 계신 나의 부모님뿐이다. 나의 부모님 이외에는 이 세상에 선한 사람이 없다. 나로 하여금 이같이 두려운 죄인을 만든 것도 모두 너희들의 죄악이 아니냐? 나의 눈에는 선한 사람이 보이지 않고, 나의 앞에는 두려운 것이 없다. 오직 한 가지 두려운 것은 사자(死者)의 망령이다. 살해된 자의 혼뿐이다. 살해한 자는 살해를 받은 자에게 마땅히 벌을 받고야 말 것이다. 아아, 나는 살인자다! 나는 마땅히 그에게 벌을 받을지며. 그는 반드시 나를 원망하리라. 그러나 사자의 영혼아! 나를 미워하지 말고, 그 대신에 이 세상을 저주해라. 내 죄를 벌하기 전에 먼저 이 세상을 통틀어 멸망시켜라!"

만식은 한참 만에 고개를 들었다. 떠오르는 해는 어느 틈에 동쪽 하늘에 높이 솟아서 벌써 일고삼장[1]이다. 조간

1) 일고삼장(日高三丈): 해가 세 길이나 떠올랐다는 뜻으로, 날이 밝아 해가 벌써 높이 뜸을 이르는 말

을 배달하는 신문 배달부의 방울 소리가 들리며 우유 배달부의 우유수레가 멀리 보였다. 산모퉁이 인가에서는 아침을 준비하느라고 이 집 저 집의 굴뚝에서 회색의 가는 연기가 힘없이 아침 공기를 헤치고 올라와서 구름과 안개 속에 사라져 버렸다. 만식은 점점 가슴이 쓰리고 아픔을 깨달았다. 일종의 비애가 지난밤의 공포와 함께 피로한 그의 몸을 엄습하여 그는 행로병자[2]와 같이 그 자리에 다시 쓰러졌다.

아무리 생각해도 더 참을 수는 없게 되었다. 이 세상 사람들은 죽음을 두려워하지마는 죽음이라는 것보다도 몇 배나 더 두렵고 무서운, 죄에 대한 회개의 생각이 분화구에서 분출하는 검은 연기와 같이 한꺼번에 만식의 머릿속에서 폭발했다.

"아아, 멸망할지어다. 죄를 지은 자야! 영원히 죽을지어다. 살인자야!"

하는 부르짖음이 만식의 혼돈스러운 두뇌를 빨갛게 달군 부젓가락으로 찌르는 것 같았다.

그는 벌떡 일어나서 보퉁이를 풀고 무엇을 뒤적뒤적하고 찾더니, 다시 전 모양대로 매어 놓은 후 침착한 태도로 다시 한 번 생각해 보았다. 만식의 심중에는 공포도 불안도 경악도 소망도 그 외의 아무것도 없었다. 그러나 오직 회한의 마음이 화염과 같이 일어날 뿐이었다. 그의 두 뺨

2) 행로병자(行路病者): 한길가에 쓰러져 앓는 병자

에는 비통한 눈물이 은하와 같이 흘렀다. 신체의 경련은 그쳤다. 만식은 또다시 심중에 부르짖었다.

"아아, 사랑하시는 부모님! 불초자의 죄를 용서하십시오. 만일 이 자식을 어머님과 아버님께서 주신 자식으로 생각하시거든 영원토록 사랑해 주십시오. 그러나 한 가지 애원이 있습니다. 평생에 잊지 못할 원한이 있습니다. 저를 사랑하시거든 그 증거로 이 세상을 저주해 주십시오. 멸망시켜 주십시오. 악한 자를 벌주십시오. 저는 가려고 합니다. 제가 가는 곳은 사계절이 없고, 밤낮이 없는 곳입니다. 꽃이 피지 않고 잎이 나지 않으며, 열매가 맺지 않고 삶이 없는 곳입니다. 암흑과 공포와 죄악과 저주와 고통과 번뇌와 경악과 불안이 주위에 둘리고 둘렸으며 싸이고 싸였습니다. 그러나, 그러나 이 세상과는 아주 별천지입니다. 그곳에 사는 사람들은 모두 이 세상을 저주하며 온 우주를 멸망시키려 애씁니다.

어머님! 흰 암양과 같이 유순하신 어머님! 저를 자식으로 생각하시거든 지금 곧 이 자리에서 당신의 따뜻한 품에 안으사, 애정이 넘치는 키스를 주십시오.

아버님! 송죽(松竹)보다도 변절 없고 준엄하신 아버님! 자식을 사랑하시는 마음이 계시거든 이 자리에서 어떠한 꾸지람이든지, 비록 죽음 이상의 벌이라도 내려 주십시오. 저는 모두 감수하겠습니다. 어머님의 뜨거우신 애정으로 죽기 전에 다시 한 번 부모님의 자식 노릇을 하고, 아버님의 의로우신 꾸지람으로 죽음으로써 죄를 속하려 하나이다. 그러나 어머님! 아버님! 이 세상은 멸망합니다. 꼭 멸망시켜 주십시오. 제 몸이 멸망하는 동시에 이 세상도 함께 멸망하게 해 주십시오."

이같이 심중에 부르짖던 만식은 곧 벌떡 일어나서 보퉁이를 다시 어깨에 둘러메고 용맹스레 죽음의 복된 땅으로 나아갈 준비를 했다. 그의 낯에는 온갖 공포와 온갖 비애가 다 없어지고, 오직 광명한 신생(新生)의 빛이 번쩍일 뿐이었다.

2

재판소 문 앞에는 법정을 열기도 전부터 와서 기다리고 선 남루한 남자가 있었다. 얼굴은 몹시 수척하고, 머리카락은 헝클어져 한번 보매 걸인과도 같고 광인과도 같았다. 나이는 20이 될락 말락 하며 어깨에는 남루한 보퉁이를 둘러멨다. 오전 9시를 알리는 시계 종소리를 듣자 이 자는 곧 법정으로 향하여 들어갔다. 누가 알았으랴. 이 자가 어제 아침에 겨우 만기 출옥한 절도범 김만식인 줄이야……

만식은 법관의 앞에 가서 자기 죄를 일일이 자백하고,

속히 처형해 주기를 자청했다. 법관들은 다 들은 후, 이 범인을 곧 다시 검사국으로 넘겨서 일주일 만에 공판을 열기로 했다.

그날 저녁 신문이다. 제3면에는 아래와 같은 기사가 "고리대금업자 하인의 참살"이라는 제목 아래에 기재되었다.

X월 X일 오후 7시 35분경에 XX동 사는 고리대금업자 XXX의 집 하인 XX는 그 집 문간에서 어떤 자에게 참살을 당하였는데, 그 집 주인 XXX가 동 8시경에 자기 집에 돌아와서 이것을 발견하고 곧 경찰서에 신고하였으므로 당국에서는 경찰의와 경관이 현장에 출장 검시를 한 결과 살해되기는 그때로부터 약 30분 전인 듯하다 하며, 가해자는 지금 엄밀하게 정탐 중이라 하더라.

그 이튿날 저녁 신문에 또다시 아래와 같은 기사가 게재되었다.

고리대금업자 XXX의 집 하인 XX의 참살됨에 대하여는 어제 저녁 본지에 이미 보도하였거니와 이에 그 자세한 내용을 듣건대 오늘 아침 9시에 그 진범 되는 전과 절도범 김만식이라는 자가 법정에 자수하여 자기의 죄상을 일일이 자백하였으므로 그자는 곧 검사국으로 압송하였는데,

이에 대하여 한 가지 두려운 현상은 김만식은 흉행(凶行) 하던 당일 아침에 겨우 만기 출옥한 전과자로 나이는 19세밖에 되지 않은 소년이요, 출옥한 후에 기갈3)을 해결하기 어려워 위의 XXX의 집에 가서 구걸하다가 하인에게 잔혹한 행악(行惡)을 당하고 분김에 문 옆에 세워 두었던 낫을 들어서 그자의 어깨를 찍어 참살함이라더라.

이 같은 소문이 신문지상으로 천하 독자에게 보도되자 남녀노소들은 서로 묻고 전하여 근일의 한 큰 이야깃거리가 되었다. 혹은 이 무서운 살인범에 대하여 욕하는 이도 있고, 혹은 동정하는 이도 있었다. 살인범에게 동정을 한다면 실로 기괴하게 들리기 쉽지마는, 실상은 살인과 같이 중대한 범행일수록 그 범죄한 원인에 대하여 신중히 사고한 후에 동정할 만한 점에는 반드시 동정을 표함이 옳다함이, 소년 살인범 김만식에게 동정하는 일부 인사의 말이었다. 그들은 또 이와 같이 말했다. 물론 살인범이라 하면 그 위에 더 큰 죄인이 없다. 그러나 그가 살인하던 당시의 심리와 살인하게 된 동기를 추구해 보면 실로 경탄할 사실이 비일비재하며, 거기에는 동정의 눈물을 흘릴 만한 점도 많을 것이다. 더구나 사회의 제도라든지 세도인심이 어떠한 일종의 불운한 사람에게는 너무도 냉혹하고 잔학하여 이와 같은 죄악을 범행하게 만든 일이 적지 않다. 만

3) 기갈(飢渴): 배고픔과 목마름을 아울러 이르는 말

식으로 말하더라도 19세 소년으로, 강도할 욕심으로 살인함이 아니라 남의 집 문 앞에서 구걸하다가 하인 놈의 잔인 포학한 악행을 받고 분한 끝에 자포자기하여 순간적인 변태 심리로 드디어 살인까지 하게 된 것인즉, 그때 그의 심리를 잘 추구해 보면 반드시 동정할 만한 점이 많으리라고도 했다. 하여간 만식의 범행에 대하여 세인의 동정이 집중된다고 할진대 이번 공판은 기필코 세간의 주목을 야기할 것은 정한 일이다.

3

공판일이 돌아왔다. 법정 안 방청석에는 남녀 방청인으로 가득하였다. 제법 인정이나 있는 듯이, 자선이나 하는 듯이 꾸미고 다니는 위선자들은 만식의 범죄는 적어도 사회문제가 되겠다고 떠들기도 했다.

공판은 개시되었다. 재판장 이하 판검사, 변호인, 서기 등이 자리에 앉고, 그 앞에는 근일에 사회의 이야깃거리가 되던 살인범 김만식이 손목에 철갑을 끼고 머리에 몽두4)를 쓴 채로 법정 앞에 서 있었다.

검사의 논죄에 대하여 변호인은 최선을 다하여 변호했다. 다음에 범인의 자백을 듣게 된 청중은 숨도 크게 쉬지 않고 쥐 죽은 듯이 조용히 만식의 입이 열리기만 기다리고 있었다. 만식은 조금도 두려운 기색 없이 태연자약한 태도로 자기의 어린 시절부터의 내력과 10여 세 때 절도범으로 감옥에 들어갔던 전말과 또 일주일 전에 만기 출옥한 후 그날 밤으로 즉시 살인을 하게 된 동기를 말하는 동시에, 법정에 자수하던 심리까지 일일이 조리 있고 순서 있게 말했다.

"여섯 살에 사랑하는 어머니의 애정을 영원히 잃고 아홉 살에 또다시 아버님이 돌아가신 후, 넓은 이 세상에는 내 한 몸을 의지할 곳이 없어서 하릴없이 길가 문 앞에서 구걸하게 되었습니다. 법관들께서나 방청하시는 여러분들께서는 깊이깊이 생각해 주십시오. 아홉 살 된 어린아이가 길가에서 애걸할 때 얼마나 큰 비애와 고통을 맛보았으며, 가슴인들 오죽이나 아팠을지요."

이때 검사는 추상같은 호령을 내렸다.

"어서 사실대로만 말해! 딴소리 말고."

전광과 같은 검사의 호령에 청중은 깜짝 놀라 그가 너무 가혹하다고 원망하였지마는 이것은 단지 한순간의 얕은 심정이요, 그 뜻을 감히 입 밖에 발설하는 자는 없었다. 만식은 다시 말을 계속했다.

---

4) 몽두(蒙頭): 조선 시대에 죄인을 잡아 올 때 죄인의 얼굴을 싸서 가리던 물건. 중죄인을 잡아 올 때만 사용했는데, 원래는 쇠로 만든 항아리 모양의 것을 씌웠으나 뒤에는 죄인의 도포 소매를 잘라서 사용했다.

• 경성공소원
• 경성지방법원 재판 모습

"하루는 아침부터 저녁까지 구걸을 해도 밥 한술 먹여 주는 이가 없고, 주린 위장에는 기갈이 자심하여 어찌할 수 없이 어느 상점 문 앞에 벌여 놓은 면포5) 한쪽을 훔친 일이 있었습니다."

여기까지 말을 하고 만식은 한숨을 휘 쉬었다. 청중의 심정도 모두 조여들어 만식에 대한 동정의 빛이 각각의 낯에 드러났다.

"그래, 그것이 버릇이 되어 가끔가끔 기갈이 심할 때는 남의 물건을 훔친 일이 2, 3차 있었습니다. 그러다가 어떤 자선가의 은혜로 고아원에 들어가게 되어 거기서 3년을 지내는 동안에 공부도 하게 되었을 뿐 아니라 의식(衣食) 걱정까지도 없어지게 되었습니다. 그러다가 하루는 고아 원 선생님의 금시계가 없어졌다고 야단법석이 나자, 어찌 되어서 그랬던지 그 죄명은 제가 쓰게 되었습니다그려. 어린 마음에 원통하기도 하고 분하기도 했지요마는 할 수 없이, 그래도 다른 선생님들의 후의로 아무 일 없이 쫓겨 나게 되었습니다."

이 말을 듣던 청중은 여출일구6)로 "아이고, 가엾어라" 하고 동정의 말을 토했다. 별안간 법정이 소란해지자 재 판관은 청중을 흘끗 쳐다보며 조용히 해 달라는 뜻을 표

5) 면포(麵麭): 개화기 때 '빵'을 이르던 말. 중국에서 만든 단어를 우리 한자음으로 읽은 것이다.
6) 여출일구(如出一口): 한 입에서 나오는 것처럼 여러 사람의 말이 같음을 이르는 말

했다. 만식은 긴 한숨을 쉰 후 다시 말을 계속했다.

"그때 제 나이는 열다섯 살이었습니다. 고아원에서도 축출을 당하고는 실로 향할 바를 몰라서 사방으로 정처 없이 떠돌며 구걸하다가 전의 손버릇을 버리지 못하고 또 다시 도적질을 시작했습니다. 아아, 제 마음이 악한 것은 아니지요마는 기갈이 악한 짓을 시킵니다그려. 저는 비록 문 앞에 구걸하고 길가에 노숙은 할망정 어디까지든지 도리에 맞지 않거나 부정한 짓은 아니하여 지하에 계신 부모님께라도 욕을 끼치지 아니하고 이 사회를 위하여서라도 장래에 추호만치라도 유익한 분자가 되기를 스스로 기약했습니다마는, 기갈을 견디기 어렵게 되매 털끝만큼이라도 배를 채울 재료를 얻기 위하여 의리와 도덕이라는 것은 생각할 여지가 없게 되었습니다. 지금 생각하오면 그때 순간의 기갈을 참지 못하여 불과 4, 5전어치의 면포 조각을 훔친 것이 드디어 오늘 김만식이라는 놈으로 하여금 대죄인, 살인범을 만들 줄이야 어찌 꿈엔들 생각했겠사오리까. 아아, 저는 마음이 약했었습니다. 겁약하고 비열한 자였습니다. 저는 그 후 얼마 지나지 아니하여 경관의 손에 포박이 되었습니다. 비록 죄인은 죄인이오나 그때는 한낱 연소한 어린아이에 지나지 못했고, 또 범죄도 그다지 중하지 않았지요마는, 저의 운명이 그러했든지 또는 법률이 가혹했든지 하여간 저는 4년 징역이라는 무서운 선고를 받았습니다.

아아, 이 세상인심처럼 악독하고 무정한 것은 없습니다. 저도 부모 슬하에서 따뜻한 꿈을 꾸고 따뜻한 애정을 받을 때는 온 세상이 모두 평화요, 쾌락이요, 자유요, 낙원이었습니다.

그러나 하루아침에 그 영화는 다 잃어버리고 올데갈데 없는 의지할 곳 없는 고아가 되고 보니 그때까지의 애정은 냉혹으로 변해 버렸습니다. 온 세상이 악마의 구덩이같고, 사람사람이 모두 저를 해하려는 악귀와 같이 보였습니다. 비록 기갈을 면치 못하여 범죄는 하였을망정 옥중에서 4년 동안 고생하는 중에 밤이나 낮이나 잊지 못할 것은 이 세상을 원망하는 생각이었습니다. 사람 쳐 놓고야 어느 누가 죄가 없겠습니까마는, 죄인의 손으로 만든 법률을 죄인에게 다 적용하면서도 이다지 가혹히 함을 생각할 때, 저는 이가 갈리고 간이 썩는 듯했습니다. 저는 이 세상에서 제일 악한 사람은 착한 체하는 사람인 줄 압니다. 저로 하여금 절도범을 만들고 살인범을 만든 사람도 곧 이러한 사람들입니다. 위선자들입니다. 자기의 죄악을 알지 못하는 자들입니다. 이러한 자들이 세상에는 많이 있는 까닭에 우리 사회에는 가끔가끔 세간의 이목을 놀라게 하는 범죄자가 생기는 것입니다. 4년 만에 만기 출옥한 김만식이가 옥문을 나설 때에 어떠한 생각을 했겠습니까. 얼마나 기뻤으며 얼마나 슬펐겠습니까! 저도 그때 생각을 회상코자 하지 않았습니다.

그러나 다만 원통하고도 기가 막히는 것은, 토굴 같은 옥 속에서 4년 동안을 고생하다가 세상이라고 나와 놓으니 역시 향할 곳이 없습니다그려. 옥문을 나선 지 불과 몇 시간에 지긋지긋한 기갈이, 견딜 수 없는 육체의 고통이 또다시 전신을 핍박해 왔습니다. 이때 나의 눈에 보인 것은 오직 돈, 밥, 밥, 돈뿐이었습니다. 저는 이 세상을 원망하고 악마 같은 법관과 수전노와 위선자와 허위자를 미워하고 저주하는 동시에 자포자기하여 이전 버릇을 고치지 않고 더한층 대담한 짓을 해 보려고 생각한 적도 있었습니다. 첫새벽에 옥문을 나온 놈이 그날 하루가 채 지나기도 전에 또다시 먹고 마실 것을 걱정하게 되고 보니 아아, 이 같은 운명에 빠진 놈이 신분은 무엇이며, 명예는 무엇이며, 도덕은 무엇이며, 의리는 무엇이랴! 먹고 사는 것이 제일 상책이라는 생각이 불 일 듯했습니다.

재판관이시여, 그러나 저는 곧 다시 고쳐 생각했습니다. 구걸하다 못하여 남의 집 담 모퉁이에서 아사를 할지언정 불의한 짓이라고 생각하는 일이면 결코 하지 않으려고 굳게 결심했었습니다. 출옥하던 날 아침에 옥리가 제게 묻기를, 네가 지금 출옥하면 장차 어디 가서 무엇을 할 테냐고 말했습니다. 그러나 저는 갈 곳도 없고 할 것조차 없노라고 대답했습니다. 아아, 이 친절하게 묻는 말에 저는 뜨거운 감사의 눈물을 흘리지 않을 수 없었습니다. 그러나 그다음 말 한마디에 저는 또다시 실망하고 낙담하였습니다. "이 넓은 세상에 어디 가서 구걸하기로 밥이야 못 얻어먹겠니. 다만 도적질만 아니 하면 그만이지!" 하는 이 한마디 말! 어려서 감옥에 들어가 세상 경험이라고는 해본 일이 없는 제가 수중에 한 푼 없이 출옥하는 이때에 조금도 동정하는 기색은 보이지도 않고 '어디 가서 구걸하기로'라는 말을 제게 다 하니. 아아, 재판장이시여, 이 말을 들은 제 가슴이 얼마나 쓰리고 아팠겠습니까. 저는 눈이 뒤집힐 듯이 분하고 원통한 것을 억지로 참고 뒤도 돌아보지 않고 나섰습니다.

그날 저녁때 제가 구걸하러 들어갔던 집이 지금 알고 보니 고리대금업을 하는 고창수(高昌洙)의 집이었습니다. 문간에서 한 시간이나 구걸하다가 얻은 것이라고는 하인 놈에게 뺨 한 번 얻어맞은 것밖에는 없었습니다. 제가 만일 그놈이 고리대금업자인 줄만 알았을진대 그 같은 놈에게는 구걸도 아니했겠지요마는 저는 전혀 몰랐습니다그려. 아아, 이때 이 같은 모욕을 당하던 때에 저의 마음이 과연 어떠했겠습니까. 저는 기가 꽉 막히고 눈물이 앞을 서려서 말할 바를 알지 못했습니다. 그때 하인 놈은 주먹으로 제 등을 질러 밀치며 어서 다른 데나 가 보라고 호령을 퉁퉁히 하더니, 제가 돌아서는 것을 보고는 까닭 없이 온갖 욕설을 다 합니다. 저인들 목석이 아닌 이상에야 그때의 그 분함과 원통함을 어찌 참고 견뎠사오리까마는 이것이 저의 운명이요, 저의 죄라고 생각한 후 옆에 놓았던

옷 보퉁이를 다시 둘러메고 흐르는 눈물을 씻을 용기도 없이 발길을 돌이켰습니다. 보퉁이란 별것이 아니라 제가 감옥에 들어가던 당시의 의복 조각을 싼 것이올시다. 하인 놈은 이것을 보더니 무엇이 오히려 부족했던지 그것은 어디서 훔친 것이냐고 합니다그려. 구걸하러 갔던 놈이 밥 한술이나 돈 한 닢도 얻지 못하고 도리어 얻어맞고, 학대받고, 거기에 도적놈이라는 억울한 죄명까지 쓰게 되매 실로 그때의 저의 분한 마음은 무엇이라고 형언할 수가 없었습니다.

저는 너무나 격분한 끝에 그놈을 돌아다보며 반항하는 어조로 약간의 욕설을 했습니다. 그랬더니 그놈은 기세가 늠름하여 차고 때리고 온갖 욕설을 다 하니 저는 견디다 못하여, 에 이놈! 내가 이 같은 모욕을 당하고도 오히려 살려고 함은 내가 도리어 어리석다! 하고 문 옆에 세워 두었던 낫을 번쩍 들어서 그놈의 목과 어깨를 얼러서 푹 찍었습니다. 그때 그놈은 비통한 부르짖음과 함께 그 자리에 엎드러졌습니다. 저는 반이나 실신하여 얼마 동안인지 그놈의 고통스러워하는 꼴을 물끄러미 내려 보다가 이윽고 제정신을 차린 후, 그곳에서 주저하고 있음이 제 신상에 불리할 줄을 깨닫고 곧 그 보퉁이를 다시 둘러멘 후에 방향 없이 도망을 했습니다. 배고픔은 위장을 에어 내는 듯하고 피로는 극도에 달하여 어디인지는 모르나 어느 길모퉁이에 쓰러진 채로 그냥 일어나지를 못했습니다.

그때 비몽사몽간에 군도 찬 경관이 쫓아오며 저를 잡으려고 하더니, 또 조금 후에는 하인 놈의 유령이 나타나서 복수를 하겠다고 제게로 달려들었습니다. 그때 저는 전력을 다하여 그놈과 대항을 해 가며 도망을 하다가 기진맥진하여 길모퉁이 전신주에다 몸을 부딪치고 쓰러질 때, 정신을 차리고 눈을 번쩍 떠 보니 이것은 한바탕 꿈속이었습니다. 이때 저의 몸은 사시나무 떨리듯 하며 저의 수족은 몹시 경련 되어 진정할 수가 없었습니다. 눈앞에 주마와 같이 지나가는 것이 모두 형리와 악령의 무리요, 머리에 전광과 같이 비치는 것이 죄악, 살인, 공포, 경악, 불안, 고통의 생각뿐이었습니다. 저는 아무리 전력을 다하여 이런 생각을 하지 않으려고 애를 썼으나, 그것은 아무 효력도 없었고 오히려 이 불안한 정서는 더욱 맹렬히 일어나서 견디다 견디다 못하여 슬피 회한을 하지 않을 수 없게까지 되었습니다. 그래서 저는 지하에 계신 부모께 한마디로써 죄를 고하고 불초자는 죄에 대한 벌을 받기 위하여 지금 사지로 들어갑니다, 하고 슬피 통곡하여 고한 후에 그 밤이 새기를 기다려서 첫 아침에 곧 법관의 앞에 자수하였습니다.

저는 저의 죄를 절절히 뉘우칩니다마는 저로 하여금 이와 같은 범죄를 하게 한 이 사회의 무도덕함과 몰인정함에 대하여는 죽어서라도 잊을 수가 없습니다. 제가 죽는 동시에 이 사회도 죽을 것이요, 제 몸이 멸망하는 날부터

이 사회를 멸망시키기에 노력할 것입니다.

자, 재판장이시여, 저의 죄상은 이와 같사오니 '살인자는 죽음'이라는 말에 의지하여 사형 선고를 내려 주십시오."

이때 방청석에 앉았던 사람들 중에는 동정과 연민의 정을 금치 못하여 목 놓아 우는 자도 있고, 혹은 사회의 냉혹함과 법관의 가혹한 형을 원망하는 자도 있었다. 지금까지 긴장했던 방청석은 일시에 와글와글하여 그 소란한 품이 머리 위에 열탕을 부음과 같았다.

재판장은 형법의 조문을 들어서 김만식의 범죄에 대하여 사형 선고를 내렸다. 방청석은 일시에 엄숙해져서 공포와 불안의 색이 가득하였다.

만식은 만족한 낯으로 벌떡 일어서서 방금 나가려고 하는 재판장을 향하여

"회개하라! 죄인이 죄인을 벌하고 용서할 권리는 없느니라!"

하고 부르짖었다.

형리는 만식을 앞세우고 법정에서 물러 나갔다.

—1920년 9월

붓을 손에 쥔 음악가
─난파 홍영후의 『향일초』 읽기

김 민 수

1. 문학청년 홍난파

한국 음악계에 지울 수 없는 흔적을 남긴 난파 홍영후(1898~1941). 음악사에 있어 손에 꼽을 만한 기록을 여럿 가지고 있는 '홍난파'에 대한 이미지가 혹여나 잘 떠오르지 않는다면, 〈고향의 봄〉 한 소절을 찾아 듣는 것만으로 그의 존재감을 되살릴 수 있을지 모르겠다. 뭇사람들에게 각인이 되어 있을 정도로 친숙한 멜로디를 지닌 음악을 다수 작곡했을 뿐만 아니라, 우리 역사 최초의 전문 음악 잡지 『음악계(音樂界)』를 창간한 것도 그였으며, 바이올리니스트, 피아니스트, 작곡가, 지휘자 등 홍난파가 남긴 명함만 해도 일일이 나열하기 어려울 지경이다.

잘 알려지지 않은 면이라 할 수 있겠으나 홍난파는 젊은 나이에 '철저하게', 혹은 '투철하게'라는 표현을 써도 좋을 정도로 문학에 열정을 바친 사람이었다. '난파'라는 이름이 오로지 음악만을 위하여 바쳐진 건 아니었던 것이다.

문학청년으로서 홍난파의 활동이 생소한 것이니만큼, 교과서적인 설명을 피해 갈 수 없을 듯하다. 1898년 경기도 화성에서 출생한 홍난파는 11세가 되던 해에 처음으로 20전짜리 완구 악기를 구입했다고 전해진다. 이때에 '도레미'부터 시작해서 착실히 음악과 가까워지게 된다. 그가 본격적으로 음악을 공부하게 된 것은 1913년부터라 할 수 있다. 우리 나라 최초의 민간 음악 교육기관이었던 조양구락부의 후신 조선정악전습소에 들어가 바이올린을 배웠다고 한다. 20세 되던 해인 1918년에는 일본 도쿄로 건너가 우에노음악학교에서 유학했으며, 1919년부터는 차츰차츰 문학 분야에서도 자신의 존재감을 드러내기에 이른다.[1]

1919년 홍난파는 21세의 젊은 나이에 음악과 미술, 문학을 아우르는 예술 종합지 『삼광(三光)』을 창간한다. 예술을 비추는 빛, 혹은 그 자체로 사람들에게 빛이 되어 줄 세 갈래의 예술을 두루 섭렵한 잡지라는 점이 이목을 끈다. 홍난파는 『삼광』을 발판으로 삼아 음악과 관련된 글쓰기뿐만 아니라, 창작과 번역 등의 다채로운 시도를 통하여 자신의 문학열을 마음껏 발산한다. 그때부터 1920년대 중반에 문학 활동을 갑작스레 중단하기에 이르기까지 그가 세상에 남긴 문학 관련 저술만 하더라도 최소한 창작 3종, 번역 9종에 이른다. 유고로 남겨진 원고와 출판의 결실을 보지 못한 책을 더하게 되면 그 수는 더욱 늘어난다.[2]

---

1) 「홍난파 연보」, 『나라사랑』 83, 외솔회, 1992 참조.
2) 박진영, 「홍난파와 번역가의 탄생」, 『코기토』 70, 부산대학교 인문학연구소, 2011; 박진영, 「번역가의 탄생과 문학청년 홍난파의 초상」, 『근대서지』 8, 근대서지학회, 2013 참조.

홍난파의 문학 활동 중에서도 그 가치를 높게 인정할 만한 영역이 무엇이냐 묻는다면, 분량 면에서 압도적이라 할 수 있는 번역을 가장 먼저 손에 꼽을 수 있을 것이다. 번역에 대한 그의 진지한 태도는 사실 『향일초』를 통해서도 확인할 수가 있다. 창작집 『향일초』에 수록되어 있는 「사랑하는 벗에게」에서 H는 연인 S에게 러시아의 문호 투르게네프의 소설 『첫사랑』의 영역본인 『First Love』를 선사하고 있다. 너는 나의 'First Love'라는 낯 뜨거운 속마음을 담아. 그런데 정작 소설 바깥에서 투르게네프의 『첫사랑』을 번역한 사람이 작가 홍난파였다는 사실을 알게 된다면, 이 창작집을 손에 쥔 누구든 옅은 미소를 참기 어려우리라. 그는 투르게네프의 소설에 그치지 않고 위고, 도스토옙스키, 졸라 등의 작품을 다수 번역함으로써 '세계 문학'의 지평을 꾸준히 탐색한 바 있다.

번역에 대한 그의 진지한 태도와 숱한 성과물을 고려했을 때, 그가 성실한 '독자' 중 한 명이었다는 사실을 부정할 수 있는 사람은 아마도 없을 것이다. 당연한 말이지만, 읽었으면 써야 한다.[3] 창작을 향해 나아간 홍난파는 '제2창작집' 『향일초』를 세상에 남겨 놓았다. 이 소설집의 저본이 되는

[3] 사사키 아타루, 송태욱 옮김, 『잘라라 기도하는 그 손을 — 책과 혁명에 관한 닷새 밤의 기록』, 자음과모음, 2012.

『향일초』에서만 하더라도 "같은 저자의 손으로"라는 설명 아래, 제1창작집『처녀혼』, 제2창작집『향일초』, 제3창작집 『폭풍우 지난 뒤』, 제4창작집『운희의 사』등의 목록을 확인할 수 있다.

하지만 안타깝게도 홍난파가 기획했던 네 권의 창작집 중 실제로 출판된 사례는『향일초』가 유일한 것으로 보인다. 『처녀혼』,『폭풍우 지난 뒤』의 경우 육필로 된 유고로만 전해지고 있으며,『운희의 사』는 원고마저도 찾아볼 수 없는 실정이다. 네 권을 모두 출간하지 못했던 구체적인 사정은 알 수 없는 노릇이지만, 출판을 위해 마련한 유고와 목록만으로도 홍난파의 창작열과 고투의 흔적을 충분히 살펴볼 수 있을 것이라 여겨진다. 단기간에 이처럼 많은 분량의 원고를 생산하는 것이 가능했다는 점도 놀라운 지점이라 할 수 있겠다.

서론을 닫기 전에 서둘러 한 가지 부기하자면,『향일초』는 간발의 차이로 최초의 근대 단편 소설집이라는 타이틀을 놓친 출판물이기도 하다. 문학의 태동기라 불러도 이상하지 않았던 1920년대 초 문학청년 홍난파는 중편 분량에 달하는 「향일초」를 비롯해서 「사랑하는 벗에게」, 「물거품」, 「살아가는 법」, 「회개」 등의 다섯 작품을 창작집으로 꾸려 세상에 내놓았다. 이제 이들 작품을 매개로 문학청년 홍난파와 만나보도록 하자.

2. 코드명 H. 연애의 시대를 살다

필립 르죈은 문학 연구서『자서전의 규약』을 통해 작품 바깥에 있는 '저자'와 텍스트에 등장하는 '주인공'의 관계를 분석할 수 있는 방법을 제시하고자 애쓴 바 있다. 표제작「향일초」와 연달아 수록된「사랑하는 벗에게」두 작품을 필립 르죈의 분류법을 따라 "한 개인의 삶을 그린 사소설(roman personnel)", 즉 자전적 소설로 분류하는 것이 큰 무리는 아닐 듯하다.4) 이들 작품에 등장하고 있는 주인공 H의 이력이 홍난파와 많이 닮아 있기 때문이다. 이 작품들에서 H는 모두 바이올린을 연주하는 음악가라는 점에서뿐만 아니라, 숱한 예술가들과의 친분을 자랑하고 있으며, 연주회를 위하여 장기 여행을 떠난다는 점 등 많은 부분 홍난파의 이력과 합치하고 있다. 이들 작품과 홍난파의 삶의 궤적을 비교하는 것 또한 흥미로운 작업이 될 것이다.

『첫사랑』을 번역·출판한 사람의 작품답게 표제작「향일초」와「사랑하는 벗에게」는 연애 서사라는 점에서도 서로 닮았다. '연애'라니, 지나치게 고루하고 여러 차례 반복된 주제라는 생각이 떠오를지 모르겠다. 하지만 지금으로부터 꼬박 100여 년 전의 '연애'라는 점을 감안하도록 하자. '자유

4) 필립 르죈, 윤진 옮김,『자서전의 규약』, 문학과지성사, 1998.

'연애'라는 풍조가 새로 불어닥친 '근대'의 물결과 함께 당대를 휩쓸고 있었던 시기이니 말이다. 여천 이원조의 말마따나 '연애의 감정' 자체야 어느 시대를 막론하고 존재했겠지만, 당시의 연애 현상은 지극히 '근대적인 것'임이 분명하다.[5] 소위 말하는 '모던'한 시대의 연애이겠기에 부러 들춰 볼만한 대목이 여전히 많이 남아 있다.

　근대문학 태동기에 '연애'라는 것은 그 자체로 전통사회와 충돌했던 일대 현상이기도 했다.[6] 바로 이러한 시기에 홍난파는 자신의 분신이라 할 수 있을 법한 'H'를 전면에 내세워 자유연애와 사랑의 문제를 탐구하고 나선 것이다. 특히 「향일초」는 '기생'과의 연애를 다루고 있다는 점에서도 눈길을 끈다. 그런데 과연 작품 속 표현과 같이 '화류계 여성'과의 연애를 다룬다는 것이 근대의 문학에서 어떠한 역할을 하게 될 것인가.

　　학생의 신분, 교사의 신분으로서 기생집에 드나든다고 들으면 타지방 사람들은 소행이 좋지 못한 사람으로 생각하겠지만 이 C시의 경우를 그렇게 판단해선 곤란하다. C시에 있어선

---

5) 이원조, 「연애와 정조」, 『사해공론』, 1938.8.
6) 김동식, 「연애와 근대성 – 신소설과 계몽적 논설을 중심으로」, 『민족문학사연구』18(1), 민족문학사학회, 2001.

기생집이 향락의 장소도 되지만, 보다도 청년기에 접어든 사
나이들의 세정을 배우고 인생을 배우는 곳이기도 했다.[7]

위에 인용한 단락은 이병주의 장편 소설『관부연락선』에서
1945년 해방 이후의 풍속도를 가늠할 수 있는 장면을 하나
추린 것이다. 이처럼 홍난파가 작품 활동을 했던 때와는 시
기적으로 꽤나 편차가 큰 1945년 이후에도 사회를 학습하
는 장소로써 '기생집'에서 연회를 개최하는 장면이 등장하
고 있다. 더군다나 「향일초」의 주된 배경으로 자리하고 있는
'명월관'은 소설에서 묘사하고 있는 것처럼 기생이 출입하는
음식점이기는 했지만, 유서 깊은 사교의 장으로 기능한 곳이
었다. 당대의 굵직한 행사들이 이곳에서 많이 개최되었으며,
분점에 해당하는 태화관은 1919년 3월 1일 33인의 민족대
표가 독립선언문을 낭독한 곳일 정도였다.

한 가지 부기하자면, 기생 사이에도 나름의 계층이 존재
했다. 이 작품에서 문제가 되고 있는 명월관 같은 경우 애초
에 궁중의 관기들이 유입된 곳이었기에 기예에 뛰어난 기생
들이 주를 이루었다고 전해진다. 「향일초」에서처럼 H의 음
악을 알아볼 정도의 안목을 가진 기생 N이 그곳에 섞여 있다
하더라도 전혀 이상할 것이 없는 분위기라 할 수 있다. 이처

7) 이병주,『관부연락선』, 한길사, 2006, 327-328면.

럼 기생 N과 음악가 H의 인연은 첫 마주침을 음악 연주회 공연장으로부터 시작하여, 명월관에서의 재회로 싹을 키워 나가게 된다. 주빈을 바꿔 가며 서로를 상대하게 된 두 사람이 각기 전통과 서양의 음악을 담당한 계층으로 나뉜다는 점에서도 흥미롭다.

심지어 생활자로서 근대의 문물을 받아들인 경지에서 보자면 H는 N에게 한 수 접고 들어가야 할 지경이라 할 수 있다. H는 "가련한 낙오자"라고까지 생각했던 기생의 집에서 "기적 이상의 기적"을 보게 된다. 거울부터 벽시계, 탁상시계, 수채화와 유화 등의 화려함은 기본이고, N이 권하는 대로 고급 침구에 앉아 당시로서는 귀하디귀했을 초콜릿 음료와 금구 담배를 받아 드는 호사를 누리게 된 것이다. 이처럼 처음 방문한 N의 집에서 H는 근대를 관통하는 기호품의 한 극점을 마주하게 되면서, 이전에 겪어 보지 못했던 또 다른 계층의 사회와 접속하고 있다. 소설 속에서 H는 이를 "물질의 세력"이라 표현하고 있을 정도다.

H의 생활이라는 것은 따분하기 짝이 없는 신세에 불과한 것으로 그려지고 있어서 N의 화려함과 극적인 대비를 이루고 있기도 하다. 하지만 관계가 일방으로 기울면 연애는 성립될 수 없다. N의 생활을 치장하고 있는 "물질의 세력" 앞에 H가 굴복하지 않을 수 있게끔 만들어 준 것이 있으니, 그

것은 바로 음악가라는 자부심이었다. N이 H에게 처음으로 보낸 편지에는 "저의 일생은 당신의 예술 안에 바쳐서 그 힘으로써 살아가고자 하나이다."라고 적혀 있을 정도니까. 편지의 말미에는 "폭풍우가 지난 뒤에 첫 햇빛을 받는 어린싹 N으로부터"라는 글귀가 함께 새겨져 있다. 이 싹은 과연 무럭무럭 자라나 해를 향해 뻗어 가는 해바라기, 즉 소설의 제목이기도 한 '향일초'로 성장할 수 있을까?

한편 「사랑하는 벗에게」에 등장하는 음악가 H는 화가 S와 「향일초」와는 다른 방식으로 연애의 감정을 키워 나가고 있다. 우선 이 소설의 연애 서사는 편지로 매개되어 있다는 점에서 차별성을 지닌다. 서사 곳곳에 연애편지가 위치하는 수준이 아니라, 소설의 형식 자체가 대부분 편지글로 되어 있다는 점이 매우 독특하다. 각종 미디어가 넘쳐 나는 요즘과는 달리 당시에 '편지'라는 것은 사람과 사람 사이의 관계를 연결하는 첨단의 문물이었다. 이러한 점에서 낯간지러운 대화를 주고받으며 "달링"을 외쳐 대는 「향일초」의 문체와 「사랑하는 벗에게」의 서간체가 같은 것일 수 없다.

원문을 살펴보면 「사랑하는 벗에게」의 경우, 일상생활과 밀착된 구어를 전제로 한 소설의 문법으로 정제되지 않은 편지글의 문장과 표현을 곳곳에서 확인할 수가 있다. 소설도 물론 마찬가지겠지만, 편지는 묵독을 전제로 한다. 그리고 이는 여타 문학적 양식과는 다른 독법을 제시한다. 소설 속 표현을 빌리자면, "친우의 편지를 읽음은 소설이나 시를 읽는 것 이상의 친근한 맛이 있"다. 그렇다면, 여기서 작동하는 '편지를 읽는 맛'이란 작품 속에서 서술자가 마치 떠먹여 주듯이 등장인물의 행동과 말을 직접 제시하는 소설적 독법과는 분명 다른 것이어야만 할 것이다.

따라서 「사랑하는 벗에게」는 「향일초」와 달리 연애를 직접 묘사하는 장면이 극도로 제한적으로 나타나 있다. 심지어 두 사람 사이에 벌어진 일들은 편지의 물리적인 유통 경로를 따라 추적 가능한 것이기 때문에 정보의 전달이 계속해서 지연될 뿐 아니라, 많은 내용과 맥락이 유실된 채 전달되고 있다. 더군다나 연애 스토리의 흐름이 일관된 것도 아니다. 범박하게 말하자면 생활의 진실한 단면을 속속들이 제시해야 한다는 소설의 문법이 여기서 한차례 깨지고 있다.

그렇다면 대신에 무엇이 있는가. 산발적으로 드러난 편지의 정보를 토대로 이 소설을 읽는 독자들은 두 사람의 애정 관계를 머릿속에서 계속 이어 붙여 가야 하며, 최대한의 상상력을 발휘해 마치 그림을 그리듯 이면에 숨어 있는 연애 스토리를 채워 넣어야만 한다. 역설적이게도 이렇게 독자의 상상력을 시험하는 듯한 편지글의 형식으로 말미암아 '문학'의 가치가 그 위력을 드러내기 시작한다.

말하자면 「사랑하는 벗에게」에서 펼쳐진 양식적 실험은 소설적 결함이라고 볼 수도 있을 법한 내용의 부실함이 새로운 차원의 독법으로 나아갈 가능성이 될 수 있다는 점을 보여 주고 있다. H와 S가 그들 사이에 벌어져 있는 『First Love』에 대한 해석의 간극을 넘나들어야 하듯이, 독자는 두 사람의 연애를 채워 넣어야 할 무엇인가로 받아들여야 하는 것이다. 그들이 감정에 허덕이며 편지를 적어 나가는 순간순간의 흔적과 함께. 이로써 우리는 홍난파가 번역에 매달리게 된 이유가 무엇인지 가늠할 수 있게 된다. 아마도 '문학'이란 그 자체로 통약 불가능해 보이는 감각을 매개하는 수단일 것이기 때문이다.

「향일초」와 「사랑하는 벗에게」는 연애소설이면서 동시에 파국을 향해 치달린다는 점에서 동등한 결말을 접하게 된다. 하지만 그 과정은 상이하다. 「사랑하는 벗에게」의 경우 편지글의 정보만으로는 S가 H의 사랑에 지나치다 싶을 정도로 갈증을 느끼는 순간순간, 그리고 죽음 충동을 느낄 정도로 불안에 떨고 있어야만 할 이유 등에 대해서 감히 상상하기 어렵다. 나중에 가서야 그 전모가 밝혀지지만, S가 편지에 적었던 죽음 충동의 배경에는 사실 이룰 수 없는 사랑에 대한 필연적인 예감이 자리하고 있었다. S의 부모가 S의 배필이 될 사람을 따로 정해 두었기 때문이다. 도쿄여자미술학교를 졸업한 신여성 S조차 결국 '가족'이라는 인습의 굴레를 벗어던지지 못했던 것이다.

거칠게 정리하자면, 「향일초」의 서사가 자유분방한 연애를 날것으로 연출하면서 이를 계기로 파국으로 치닫는 결말로 나아가고 있다면, 이와는 달리 「사랑하는 벗에게」와 같은 경우에는 내면의 충실함을 전제로 박탈당한 연애를 향해 나아가게 된다. 이처럼 전혀 다른 형식과 내용을 드러낸 연애 서사를 한 권의 책에서 만날 수 있다는 사실이 놀랍다. 지금 우리에게는 조금 낯선 표정으로 다가올 수 있겠으나, 두 작품을 통해 홍난파가 마주했던 연애의 시대를 그의 어깨너머로 함께 엿볼 기회가 될 것임에는 분명하다.

3. 식민지 조선을 관류하는 예술가의 시선

열탕과 냉탕을 오가는 연애소설의 뒤를 이어 「물거품」, 「살아가는 법」, 「회개」 등의 썩 결이 다른 단편 소설 세 편을 함께 확인할 수 있다. 같은 연애 서사이되 「향일초」와 「사랑하는 벗에게」가 보여 준 낙차만큼이나 이들 작품의 주제도 다채로움을 자랑하고 있다. 단편 창작집의 묘미라 생각하고 넘어가도 무방할 것이지만, 각각의 작품이 지닌 편차에도 불구하고 사회의 암면을 꼬집는 차가운 시선을 살필 수 있다는 점에서 세 작품이 어깨를 나란히 하고 있다는 점을 지적하고 넘어갈 필요가 있겠다.

가장 먼저 「물거품」에 등장하는 방랑 화가 Y의 이력이 작가 홍난파와 겹치는 지점이 많다는 사실을 주목할 만하다. 특히 일본에서 유학하며 예술을 전공하던 시기에 '민족운동'이 발발했다는 설정에는 중요한 분기가 하나 숨어 있다. 소설에 묘사된 것과 마찬가지로 홍난파는 1919년 3·1 운동이 벌어지자 일본에서 귀국하여 예술계에서 다양한 활동을 펼친 바 있기 때문이다. 당시에 그는 "음악은 반드시 아름다움을 표현하는 것만이 아니라 민족혼이 깃들여져야 한다는 생각"으로 휴학했다고 한다. 여기에 더해 홍난파는 1920년 도쿄로 돌아가 복학을 시도했으나 3·1 운동에 참여했다는 이유로 거절당하기도 했다.

Y를 매개로 좌절된 민족운동과 차별에 대한 울분을 소설에 적나라하게 표출했던 탓일까. 『향일초』에는 달리 복원할 방법이 없는 가위질의 흔적이 여럿 남아 있다. 이는 곧 당시 매체와 출판에 가해진 억압, 즉 '검열'에 대한 문제를 환기하게 만든다.[8] 당시의 출판법에는 책을 출판하기 전에 원고를

8) 강용훈,『비평적 글쓰기의 계보 – 한국 근대 문예비평의 형성과 분화』, 소명출판, 2013 참조.

제출하도록 하는 사진검열제도가 포함되어 있었던 것이다. 「물거품」이 실린 책장 속 군데군데 삭제된 부분들을 통해 우리는 1920년대 초반 문학 활동에 몰두했던 홍난파의 불온함을 엿볼 수 있다.

「물거품」 속 Y는 결국 졸업장이 없다는 이유로 미술계에서 제대로 자리를 잡지 못한다. 그를 둘러싼 세간의 평가는 실력과는 완전히 무관하게 돌아갔던 것이다. 이와 같은 냉담한 사회의 인식에 대해 원한의 감정을 품게 된 Y는 방랑 화가의 길에 들어선다. 하지만 애석하게도 그의 존재가 사회를 강타하게 된 것은 방랑의 길을 떠난 지 한참이 지난 뒤, 이름 모를 화가 취급을 받으며 금강산의 명승지 구룡폭포에 투신 자살한 뒤였다. Y의 자살 이후에도 그의 이름은 예술혼의 진가보다도 가십으로써 더 큰 화제가 된다. 하지만 홍난파가 부러 이 작품에서 '자살'이라는 장치를 사용해야만 했던 이유는 따로 있다.

홍난파는 주인공 Y의 죽음을 끝으로 소설을 닫지 않는다. 불행인지 다행인지, 소위 유지자들이 힘을 모아 Y의 생전 작품을 수습한 작품 전람회를 연다. 그런데 이를 계기로 엉뚱한 사건이 하나 발생한 것으로 그려지고 있다. 프랑스 공사에게 팔린 두 폭의 그림 중에서 〈석모〉가 훗날 파리 미술관에서 개최된 세계적인 미술 전람회에서 당당하게 입선작에 채

택된 것이다. 이는 곧 실력이 아니라 이력에 가치 평가를 두었던 당대 사회를 무색하게 만든 일로 서술된다. 이는 일차적으로는 비슷한 처지와 곤란함을 몸소 체험해야만 했던 홍난파의 예술가적 자의식의 발로라 보아도 무방할 것 같다.

이와 같은 무난한 해석에 그치지 않고, 「물거품」의 결말을 앞서 지적한 검열의 문제에 더해 식민지 시기 예술가의 불온함과 다시 한 번 연결 짓는 일이 가능할지도 모르겠다. 사족을 달자면, 프랑스 공사가 사 간 그림의 제목이 하필이면 〈욱일〉과 〈석모〉였기 때문이다. 두 폭의 그림 중에서 '뜨는 해(욱일)'가 아니라, '지는 해(석모)'를 일등 입선에 걸어 둔 것은 혹시 민족운동을 예술가의 일대 분기로 삼은 이 소설에 허락된 불온함의 최대치는 아니었을까.

제목만 읽고 「살아가는 법」이 홍난파가 몸소 체득한 인생의 진리라거나, 하다못해 처세술 정도는 알려 줄 것이라 기대한다면 번지수가 한참 잘못되었다. 소설의 제목과는 달리 답 없는 사람들이 잔뜩 등장해서 허무맹랑한 토론을 벌이는 것이 내용의 전부라 할 수 있기 때문이다. 심지어 분량면에서 콩트에 가까운지라 서사적 얼개를 찾아볼 수조차 없다. 여기에 더해 「살아가는 법」은 그간의 관습에 따라 '토론체 소설'이라 명명하기에도 애매한 구석이 남는다. 소설 속에 펼쳐진 토론 장면이 어딘가 기묘하게 뒤틀려 있다는 인상을 주고 있기 때문이다. 시대의 이상을 '연설'에 가까운 톤으로 설파한 여타 토론체 소설에 비하자면, 지나치다 싶을 정도로 희극적인 데다 냉소적인 장면이 계속해서 언출되고 있다. 인생의 의미와 사회 문제를 논평한답시고 떠들썩하지만, 축구 경기에 대중이 열광하는 일을 질투하듯 토론하는 장면에서만 보아도 알 수 있듯이 이들의 대화는 한편으로 무용하기 짝이 없어 보인다. 그저 토할 때까지 먹고, 취할 때까지 마시는 일이 반복될 뿐이다. 마치 예술가라면 자조할 줄도 알아야 한다는 듯이, 취하지 않고는 버틸 수 없는 식민지의 밤이 계속된다.

창작집 『향일초』의 마지막을 장식하고 있는 단편 「회개」는 특이하게도 살인이라는 자극적인 소재를 취하고 있다. 김만식은 절도의 혐의로 기나긴 수감 생활을 마치고 감옥에서 출감되자마자, 그날 곧바로 살인을 저지르게 된 인물로 그려지고 있다. 공감의 영역을 한참이나 벗어났을 것만 같은 이러한 주인공을 내세워 홍난파는 어떠한 메시지를 독자에게 던지고 싶었던 것일까. 당연한 말이겠지만 김만식이 태어날 때부터 범죄자로 난 것은 아니었다. 유순한 어머니와 준엄한 아버지의 양육 아래 남들과 다를 바 없이 자랐던 그는 필부필부(匹夫匹婦)의 삶이라 할 만한 어린 시절을 보냈다.

김만식이 범죄의 길로 들어설 수밖에 없었던 연유는 법정에서의 진술을 통해 그 전모가 밝혀진다. 어릴 적 어머니와 아버지를 차례로 여의고 고아가 된 그는 배고픔을 견디다 못해 남의 물건을 훔치기 시작한 것이다. 불운한 유년 시절을 보낸 만식은 절도범으로 붙잡히고, 징역 4년이라는 가혹한 형을 받고 만다. 한편 「회개」는 바늘 도둑이 소도둑 된다는 옛 속담의 수준을 아득히 넘어선다. 불운이 겹친 탓인지 출옥하던 날 김만식이 구걸하러 갔던 곳이 하필이면 고리대금업을 하는 사람의 집이었다. 먹을거리는 고사하고 만식에게 돌아온 것은 욕설과 폭력뿐. 고리대금업자 하인과의 실랑이 끝에 극심한 모욕을 당한 만식은 낫을 들어 그를 살해하게 된다. 어린 시절 배고픔을 견디지 못하고 저지른 작은 도둑질이 살인범을 만들기에 이른 것이다.

하지만 홍난파는 이와 같은 참극을 연출하며 김만식이라는 '개인'이 아니라, 사회 그 자체를 돌아보아야 함을 독자들에게 제언하고 있다. 어린 고아를 돌보지 않고, 빵 한 조각 내주지 않았던 냉혹한 "세도인심"이 저간의 사정에 깔려 있기 때문이다. 만식의 살인 사건을 알린 소설 속 신문 기사에서만 하더라도 중대한 범죄일수록 원인에 대하여 신중을 기할 필요가 있다고 전하고 있다. 동정할 만한 부분은 동정을 해야 한다는 것이다. 사건의 당사자 김만식의 최후 변론은 보다 노골적으로 당대의 사회를 질타하고 있다.

저는 저의 죄를 절절히 뉘우칩니다마는 저로 하여금 이와 같은 범죄를 하게 한 이 사회의 무도덕함과 몰인정함에 대하여는 죽어서라도 잊을 수가 없습니다. 제가 죽는 동시에 이 사회도 죽을 것이요, 제 몸이 멸망하는 날부터 이 사회를 멸망시키기에 노력할 것입니다.

자, 재판관이시여, 저의 죄상은 이와 같사오니 '살인자는 죽음'이라는 말에 의지하여 사형 선고를 내려 주십시오.

만식의 절규에 가까운 목소리는 재판에 참석한 방청석의 사람들로 하여금 동정과 연민의 정을 불러일으키고, 연달아 이어지는 재판관의 사형 선고는 공포와 불안을 선사한 것으로 표현되고 있다. 이 대목에서 홍난파가 작품에 곧바로 적시하고 있는 '공포'와 '연민'의 의미를 해설하기 위해서는 다소 뜬금없지만, 고대 그리스 시절로 거슬러 올라갈 필요가 있다. 아리스토텔레스가 『시학』에서 설명한 바와 같이 '비극'의 성립 요건 자체가 바로 관객들에게 공포와 연민을 불러일으킬 수 있느냐의 문제에 달려 있기 때문이다. 『시학』을 참조하자면 연민은 작중 인물에 대한 감정 이입의 상태를 기반으로 하며, 공포란 작중 인물의 비극적 상황이 나에게도 엄습할 수 있을지 모른다는 감정 상태에 기인한다.

요컨대 홍난파는 「회개」를 통해 연민과 공포의 감정을 기반으로 한 문학의 존재 가치를 시험함으로써 자기 나름의 '시학'을 단련하고자 했음을 알 수 있다. 「회개」라는 법정극을 연출함으로써 김만식이라는 주인공을 내세워 냉혹한 사회 문제를 독자들에게 환기하기 위하여 말이다. 소설의 결말은 응축된 하나의 메시지로 수렴된다. "회개하라! 죄인이 죄인을 벌하고 용서할 권리는 없느니라!"

4. 붓을 꺾은 음악가

의욕 넘치던 홍난파의 문학 활동은 1924년에 돌연 중단되고 만다. 구정을 기해 벌어진 술자리가 발단이었다. 홍난파와 절친했던 수주 변영로는 함께 술을 마시다 술기운 탓인지 대뜸 그에게 "너는 음악이나 하면 했지 주제넘게 소설은 다 무엇이냐"라고 일갈했다고 한다. 천지가 열린 뒤 만고에 걸쳐 두 가지 예술에 대성한 천재를 찾아볼 수 있더냐는 것이 술주정의 이유였다. 난파가 급한 대로 바그너의 이름을 둘러댔으나 이미 주기가 오른 사람에게 통할 리 만무하다. 더군다나 바그너와 같은 반열에 자기 자신을 올려놓기에는 아마 홍난파 스스로도 민망했을 터. 분을 이기지 못했던 탓인지 홍난파는 그날 새벽 작업 중이던 원고를 아궁이에 불사르면

서까지 단호히 문학가의 길을 저버리기에 이른다. 성실하게 창작과 번역을 병행해 온 작가 한 사람을 삽시간에 날려 버린 아찔한 사건이라 하지 않을 수 없다.

그러나 젊은 날의 치기라 부르기에는 난파의 문학 활동이 지나치다 싶을 정도로 방대하고 또 열정적이었다. 함께 살펴본 것처럼 「향일초」를 읽으며 근대문학이 태동하던 시기에도 자유분방하고 화려한 연애가 가능했음을 알 수 있고, 「사랑하는 벗에게」를 통해 연인을 향해 진정성을 꾹꾹 눌러 담아 작성한 100여 년 전의 편지글을 마주할 수 있다. 잇따라 이어지는 작품에서 난파는 예술가로서의 자의식을 투영하는 방식으로 식민지 사회 현실을 성토하기도 하고, 냉소를 담아 비틀거나, 연민과 공포의 감정을 과연 독자들이 받아들일 수 있을 것인지 시험하고 있기까지 하다.

1920년대 초반 소설이 도달할 수 있었던 주제와 양식을 고루 실험한 창작집 『향일초』는 분명 우리에게 남아 있는 귀중한 사례임이 틀림없다. 근대문학 태동기에 이처럼 대중과 밀착된 작품을 창작한 지식인 작가는 그리 많지 않다. 존재만으로 그 가치를 인정받을 만한 작품집이라 하지 않을 수 없다. 앞서 번역과 관련된 사례를 통해 언급한 바와 같이 홍난파는 그 스스로 '문학', 즉 읽고 쓰는 일에 매혹된 사람이었다. 이 대목에서 우리는 변영로의 술주정이 야속하지 않을 수 없다. 난파의 문학 활동이 계속 이어졌더라면 지금과는 조금 다른 평가를 받을 수 있지 않을까 하는 아쉬움이 남는 탓이다. 성실하게 읽고, 쓰기를 주저하지 않았으며, 다양한 실험을 추구하기를 두려워하지 않았던 작가였기 때문이다. 고급 장정으로 정성을 담아 출판한 『향일초』가 치열했던 흔적 중 일부를 보존하고 있을 따름이다. 이제는 난파가 이 책에 펼쳐 둔 곳곳을 거닐며 남은 향취를 느끼는 일에 만족해야 할 듯하다.

홍난파

홍난파의 바이올린 독주회를 알리는 신문 기사
(매일신보, 1926년 9월 23일)

홍난파, 홍성유, 이영세로 구성된
난파삼중주단의 연주회 개최 신문 기사
(동아일보, 1933년 11월 4일)

홍난파 가옥(등록문화재 제90호, 서울 종로구 홍파동 소재)

홍난파상

종로기독교청년회관

황금정(현재 서울 중구 을지로 일대) 거리 풍경

경인선

석왕사 관광 엽서

장안사 경내

한국근대대중문학총서 기획편집위원

김동식(인하대 교수)
문한별(선문대 교수)
박진영(성균관대 교수)
이경림(서울대 연구교수)
함태영(한국근대문학관 관장 직무 대리)

책임편집 및 해설

김민수(안동대 강사)

한국근대대중문학총서 틈 06

향일초

제1판 1쇄   2021년 11월 30일

지은이   홍난파
발행인   홍성택
기획   인천문화재단 한국근대문학관
편집   김유진
디자인   박선주
마케팅   김영란
인쇄제작   새한문화사

㈜홍시커뮤니케이션
서울시 강남구 선릉로103길 14, 202호
T. 82-2-6916-4403 F. 82-2-6916-4478
editor@hongdesign.com hongc.kr

ISBN   979-11-86198-76-6 03810

* 책 가격은 뒤표지에 있습니다.
* 파본은 구입하신 서점에서 교환해 드립니다.